Y

Thierry Jonquet

La Bête
et la Belle

Gallimard

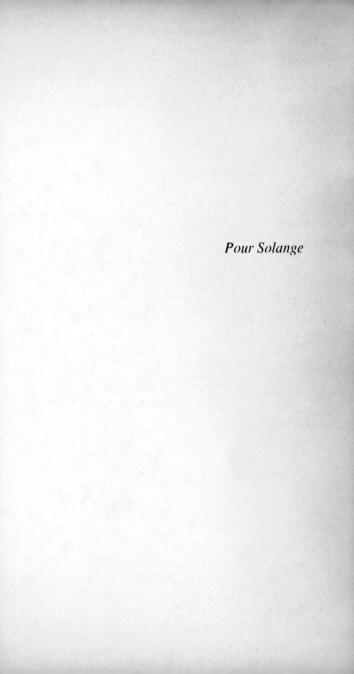

Pour Solange

Il était une fois, dans une forêt profonde, un palais merveilleux où vivait une Bête, amoureuse d'une Belle. Et ce palais, le plus merveilleux qu'on puisse imaginer…

H-A-L-T-E!!!

… ça ne s'est pas ex-ac-te-ment passé comme dans l'histoire. Pas du tout, même!
Il y a bien:
— 1) une Bête.
— 2) un Palais.
— 3) une Belle…
Mais des trains sillonnent la forêt, arasent les collines, éventrent les sous-bois. La Belle minaude, la Bête ricane. Le Palais? Ah, n'en parlons pas!
Tout était là pour réussir un joli conte. Seulement voilà: on s'est emmêlé les pieds en rajoutant un petit page, une sorcière et un boucher! Quand ce n'est pas la grève, la Fée Électricité illumine le Palais. La Belle cotise à la Sécu, et la Bête ferait bien de s'inscrire à la SPA.
Tout fout le camp.

LA BÊTE

10 janvier…

Les cordes crissaient sur le bois du petit cercueil. Les deux employés municipaux se tenaient de chaque côté de la fosse et hissaient la charge en cadence. Après deux ou trois mouvements, le cercueil fut posé sur le sol, près de la plaque tombale de granit.

— Alors? demanda l'un des employés. Il s'essuya le front du revers de la manche, rejetant sa casquette en arrière.

Rolland Gabelou eut un instant de passage à vide. Il ne regardait pas la tombe ouverte, la terre remuée, ni les croix des autres sépultures alentour. Le cimetière était minuscule, situé sur la falaise, et dominait la mer. Gabelou observait la houle, le vol des mouettes au-dessus des vagues ; il humait l'odeur du large.

— Alors, commissaire? insista celui des employés qui semblait être le chef.

Gabelou se retourna. Le médecin légiste était resté au chaud dans sa voiture, à l'entrée du cimetière.

13

Gabelou lui fit signe de venir. Puis il s'adressa à l'adjudant de gendarmerie qui avait lui aussi assisté à l'ouverture de la tombe.

— Mettez-le là-bas… dit le gendarme, en désignant un appentis de brique rouge, construit contre le mur d'enceinte qui séparait les sépultures des premières maisons du village. C'était une espèce de cabane rudimentaire dans laquelle les employés de la voirie rangeaient leurs outils.

Les deux fossoyeurs posèrent le cercueil sur une grosse brouette et poussèrent le tout vers la cabane. La roue de la brouette, cerclée de fer à demi rouillé, grinçait sur le gravier. Dans les allées, l'herbe était encore couverte de gelée blanche.

Le médecin légiste attendait, les mains frileusement enfoncées dans les poches de son pardessus. Il était venu de Paris en voiture avec Gabelou, mais, durant les trois heures du voyage, c'est tout juste s'ils avaient échangé deux mots.

Les fossoyeurs installèrent le cercueil sur deux tréteaux et commencèrent à dévisser le couvercle. Gabelou s'adressa alors à un jeune homme, qui attendait en compagnie de l'adjudant de gendarmerie.

— Vous insistez vraiment pour rester? demanda-t-il.

Le jeune homme hocha la tête. Pour lui, cette matinée tournait à l'épreuve… Agé d'à peine vingt ans, il était le frère de la victime. «Ne dites pas victime, on n'en sait rien…» avait grogné Gabelou lorsqu'il s'était présenté à son bureau, la veille.

— Oui… répondit le jeune homme, je veux rester.

Gabelou haussa les épaules. Il se doutait que les

14

parents faisaient pression sur lui pour qu'il soit là. Eux n'en auraient jamais eu le cran.

— Je vous préviens… soupira Gabelou, ça risque d'être dégueulasse!

— Non… murmura le médecin légiste. Il y a moins d'un mois, le cercueil est de bonne qualité, et regardez la terre: ce n'est pas de la glaise, mais c'est quand même assez étanche…

— Ah? fit bêtement le jeune homme en déglutissant bruyamment.

Et puis il y avait l'autre. L'Emmerdeur. Il était resté à l'entrée du cimetière et se réchauffait en sautillant sur place. Gabelou s'énerva en le voyant, mais il n'y avait rien à faire. Une sangsue. Qu'est-ce qu'il croyait? songea Gabelou. Qu'on allait faire semblant, ouvrir un autre cercueil? Et il avait amené avec lui quelques journalistes. Oh, pas la crème, bien entendu: de vagues plumitifs de ces torchons qui font leur beurre sur la fesse macabre… Deux ou trois photographes battaient la semelle devant les grilles, fermées et gardées par des gendarmes. Et, inévitablement, la présence des voitures, les appareils photo commencèrent à attirer les villageois. Les gosses, d'abord: c'était mercredi. Puis quelques mémés et enfin le boulanger, qui faisait sa tournée dans une fourgonnette, le boucher idem… Les regards étaient hostiles – ce n'est pas très chrétien d'aller ouvrir une tombe – mais tout le monde se tenait tranquille.

L'Emmerdeur discutait avec un gendarme. Gabelou avait été très ferme. Pas question de le laisser entrer. On lui remettrait un double du rapport d'autopsie, à la rigueur, mais pas plus…

15

Le jeune homme quitta précipitamment l'appentis. Son teint avait viré au vert, et il disparut derrière un tas de planches couvertes de neige, pour vomir.

— Et voilà… marmonna Gabelou.

Le médecin légiste avait tombé le pardessus, la veste, et travaillait les manches de chemise retroussées, les mains protégées par des gants de caoutchouc ultra-fin.

— Alors? demanda Gabelou.

— Alors, rien… ils ont fait embaumer le gosse. Même s'il y avait eu quelque chose, ce serait coton de trouver, maintenant!

— Violences sexuelles?

— Néant. Le collègue qui a signé le permis d'inhumer avait vérifié, à tout hasard. Eh, regardez ce boulot…

Gabelou se pencha au-dessus du cercueil. Le visage de l'enfant n'était absolument pas détérioré, la peau semblait encore bien élastique. Les cheveux avaient continué de pousser après la mort et la petite face livide était nappée d'un nuage blond. Par chance on avait habillé le cadavre d'une simple chemise de nuit à dentelles, ce qui facilitait le travail.

En retroussant le tissu, le médecin examinait la peau du torse, légèrement parcheminée ; il secoua la tête.

— Rien? insista Gabelou.

— Non, enfin, si, il y a la marque à la fesse droite, mais c'était dans le premier rapport. C'est quand il a glissé sur le marchepied, avant de basculer dans le vide.

16

— Mais ça pourrait être un coup de pied?

— Il faudrait qu'on ait tapé très fort…

Il souleva le cadavre sur le côté, et Gabelou put distinguer une tache plus sombre parmi les marbrures qui parsemaient toute la peau du dos et des membres inférieurs. Puis il le reposa. Gabelou observa le visage, les yeux clos, l'expression sereine. Le légiste tapota sur la joue.

— Beau boulot, la restauration, hein? Ils ont mis des contreforts de caoutchouc : ça donne de la rondeur…

— Et ça? demanda Gabelou, en désignant, sur la peau des épaules, deux stries, une à droite, une à gauche, qui barraient perpendiculairement la clavicule. À cet endroit, l'épiderme était brunâtre et se craquelait nettement.

— Ce n'est rien, c'était aussi dans le premier rapport. Ce sont les bretelles du cartable : il le portait sur le dos, comme un sac, et, quand il a glissé du marchepied, le cartable s'est pris dans un renfoncement de la porte, ça a tiré un coup sec, à soixante à l'heure, c'est déjà pas mal. Une ecchymose, bien nette… Vous croyez que ça vaut le coup de continuer?

Il avait soulevé la tête, avec délicatesse, et déplaçait du plat de la main la masse des cheveux, pour faire apparaître l'énorme trou, en arrière du crâne. Là encore, le thanatopracteur s'était donné bien du mal. Une grosse balle de mousse enfoncée à l'intérieur de la boîte crânienne évidée restituait le volume normal, remplaçant tout l'occipital, et même une partie des pariétaux, fracassés lors de la chute, arrachés par le pylône.

— Bon, on arrête les frais… dit enfin Gabelou.

Le légiste remit tout en place, puis se lava les mains à un robinet d'eau glacée en grimaçant. Un petit courant d'air fit voleter des embruns de mousse de savon jusqu'au couvercle du cercueil que, déjà, les deux fossoyeurs revissaient.

*

Le jeune homme attendait au-dehors. Il eut un regard interrogatif vers Gabelou, qui secoua la tête. Non… il n'y avait rien de nouveau.

— Dites à vos parents d'oublier tout cela… ils se tourmentent pour rien. Il a glissé du marchepied du train, c'est tout. Un accident de gosse, c'est triste, mais on pourrait rouvrir le cercueil cent fois de suite, on ne trouverait rien, et ça ne ferait pas revivre le petit, hein ? Vous rentrez tout de suite à Paris ?

— Non, pas aujourd'hui, je passe la nuit, ici, chez la grand-tante.

Gabelou le vit s'éloigner, les épaules voûtées. Il le plaignit. La tactique de la Compagnie paraissait cousue de fil blanc : l'Emmerdeur, qui n'avait rien trouvé à propos du Commis-Boucher, ou de la Vieille, s'acharnait en désespoir de cause sur la famille du Gamin. Des gens assez modestes : le père était contremaître à l'usine Citroën. Quand l'Emmerdeur était arrivé, on l'avait regardé en biais. Puis on s'était mis à réfléchir… Oh, la somme qu'il proposait n'était pas mirobolante, mais il avait fallu payer toutes les fournitures scolaires pour les deux sœurs, une boîte d'outils neufs pour le frère en apprentissage, les impôts, et voilà que l'aîné, celui qui était au cimetière, venait de perdre son boulot… Alors le père avait cédé, la mère s'était tue. Et on avait délégué le grand pour assister à «ça»… L'Emmerdeur s'était sans doute frotté les mains de sa petite victoire.

Il patientait, devant les grilles, lorsque Gabelou quitta le cimetière en compagnie du légiste. Il agrippa le commissaire par la manche et le toisa d'un air interrogatif.

— Allez vous faire foutre… cracha Gabelou. Il n'y a rien. Laissez ces pauvres gens, ne leur montez plus la tête !

Puis Gabelou s'éloigna. Il marcha vers la place du village, un petit bled perdu, près d'Etretat. Le légiste avait faim et Gabelou lui-même sentait venir un petit creux. Ils s'installèrent côte à côte dans la salle de l'unique brasserie, face à la mairie, et commandèrent un casse-croûte copieux, arrosé de cidre pour céder à la touche locale.

*

Gabelou fut de retour dans les locaux de la PJ parisienne au milieu de l'après-midi. Il gagna aussitôt son bureau et fit taper un bref compte rendu du rapport d'autopsie, résumant par avance les conclusions que le légiste lui ferait communiquer par la voie officielle un peu plus tard.

Puis il soupira bruyamment. Gabelou était un homme de forte corpulence. Il approchait tranquillement la soixantaine et avait décroché son grade de divisionnaire cinq ans plus tôt. Il était sorti du rang, à la suite de débuts difficiles, en pèlerine, et n'avait pas oublié les patrouilles à vélo sur les grands boulevards, dans les années de l'après-guerre. C'était du passé. Son nom faisait toujours tiquer les curieux. Gabelou? Comme les gabelous de la Gabelle? Oui, exactement, répondait-il alors, pas étonnant, avec un nom pareil, que je sois devenu flic? Non?

À seize heures, il avait rendez-vous avec le responsable du commissariat d'Altay-II. On disait «Altay-I» pour désigner la vieille ville. Un gros village de banlieue, une poussière de pavillons de meulière où erraient mémères à chats et fonctionnaires en retraite.

Altay-II ne ressemblait guère à son ancêtre… D'anciens champs de blés hérissés d'immeubles déjà usés, tassés en quinconce autour du centre commercial Carrefour, bordés par la ligne du RER, logeant à 80% les familles dont les éléments mâles travaillaient à l'usine Citroën… Gabelou était allé y faire un tour le dimanche précédent. Le CES de préfabriqué, le Centre Culturel désert, la Cafétéria du supermarché squattée par des loubards désœuvrés, les bandes de gosses jouant au foot dans les parkings souterrains : un mauvais cliché.

Il s'en foutait, Gabelou. Il ne faisait pas dans le social. Sa maison de campagne, au pied du Ventoux, c'était autre chose. On ne demande pas à un flic de soixante ans de refaire le monde. Il ne faut pas se tromper de registre.

On annonça le commissaire d'Altay-II. Un jeune gars en costume et gabardine sombre.

Il se rongeait les ongles et trépignait dans le couloir. Gabelou le mit tout de suite à l'aise.

— Vous bilez pas, mon vieux, on va pas vous coller l'IGS sur le râble!

Il avait signé les permis d'inhumer sans trop se préoccuper des détails. Le montant de la vacation mortuaire réglementaire, porté depuis un mois à 70 francs en accord avec le maire de la commune, lui tombait dans la poche. Pour la Vieille, le Gamin et le Commis, il ne s'était pas déplacé et avait envoyé un vague sous-brigadier s'acquitter de la corvée en échange d'arrangements concernant ses congés. Théoriquement, ça n'aurait pas dû se passer comme ça, mais, entre les délinquants, les accidents de la voie publique, les cambriolages… et les permis d'inhumer, on ne sait plus où donner de la tête : fatalement, les responsabilités se diluent. Gabelou avait devant lui les trois feuillets incriminés.

— Vous avez trouvé quelque chose, ce matin? demanda le type d'Altay, qui était au courant de la démarche de Gabelou.

— Non… Rien pour le moment.

— C'est absurde, vous n'allez pas porter crédit aux radotages d'un fou?

— Moi non… soupira Gabelou. Mais d'autres, oui! Les journaux, et la compagnie d'assurance du boucher, qui a porté plainte. Si c'est un assassinat, ils ne veulent plus payer. Vous le connaissiez?

— Le boucher? Oui… c'est le seul correct, alors ma femme se fournit là.

— Et la Vieille?

— Oh, elle a été cambriolée l'an passé, je l'ai vue pour une confrontation avec des suspects, une bande qu'on a coincée, c'est tout.

— Vous avez un avis? poursuivit Gabelou.

— Non… vraiment pas.

Gabelou congédia son collègue, après s'être fait remettre une pile de documents – contraventions, plaintes pour factures impayées, d'autres salades un peu sordides – concernant la Vieille et le Commis. Mais il pensait que dans cette paperasse, il n'y aurait assurément pas de quoi faire taire l'Emmerdeur. Et encore moins de quoi faire parler le Vieux Léon. Qui savait tout…

*

Je sais tout, je sais tout, c'est vite dit… S'ils comptent sur moi pour les aider, les flics peuvent toujours s'accrocher! Je ne ferai pas le moindre geste! Tant pis pour tout le monde. Parce que c'est mon copain. Le seul que j'ai jamais eu dans ma sale vie. Et le Gabelou, je le regarde s'agiter sans broncher. Il voudrait bien savoir, pourtant. Mais la Vieille, le Gamin, le Commis, et le Visiteur, je m'en tape, moi…

Je suis là, tassé dans mon coin, assis dans un fauteuil à côté du bureau de Gabelou qui est parti en vadrouille je ne sais où. Je moisis ici depuis cinq jours… Le Visiteur et le Coupable, on les a retrouvés le 2 janvier, ah les Joyeuses Fêtes! Cinq jours… ça n'en finit plus. Les flics, ça les énerve, de me voir patienter sans m'énerver. Ils ne vont pas me torturer, ça servirait à rien. Je suis pas responsable. Juste un peu pour le Visiteur, mais c'est bien tout.

Le Coupable, c'est mon copain, mon pote, mon n'importe quoi, mettez le nom que vous voudrez là-dessus, c'est ce qui fait que je vais pas le trahir, quelque chose de plus fort que toutes leurs salades et il n'y a rien à ajouter. Ah, ils ont essayé, pourtant. Et mon Vieux Léon par ci, et mon Vieux Léon par là, la pommade, les compliments, le baratin, total : néant, c'est tout juste si je leur fais un petit signe de la tête quand ils m'apportent à manger. Un mur. Ils auraient mieux fait de s'adresser à un mur, à une vieille godasse perdue dans un tas d'ordures…

Ils sont là, les flics, tout autour de moi ; à me lancer des regards vachards, comme dans les films, avec la lampe braquée dans la gueule, leurs gros bras poilus, et de temps en temps, en prime, ils se foutent de moi. «Vieux Léon, qu'ils braillent, dis-nous tout, t'es le seul à avoir tout vu…» Et ça les fait rire. Je collaborerai pas. Je me le suis juré sur ce qu'il me reste de dignité. Et ça les étonne, ça, la dignité. Eux. S'imaginent du haut de leurs certitudes que tout leur est dû, eh bien, non, moi, Vieux Léon, je les envoie sur les roses.

Le Gabelou, c'est rien encore, le pire, c'est l'Emmerdeur. Un vrai poison, ce gars-là, rusé, roublard, flatteur, toujours à guetter le moment de faiblesse, l'instant où on s'avachit, abruti par le manque de sommeil…

C'est lui qui m'a coincé le premier. J'avais filé en douce, c'est naturel, après toutes ces histoires, j'avais la trouille que ça me retombe dessus, pourtant, je n'y suis pour rien, mais allez leur faire comprendre ça.

Gabelou, lui, il a compris. Mais ça ne l'empêche pas de me garder prisonnier. Il a donné des ordres pour que je sois bien traité. Au début, ça y allait, les beignes, les coups de pied, les engueulades, puis Gabelou a dit à ses sbires : foutez la paix au Vieux Léon, vaut mieux le ménager, après tout, c'est le seul témoin… Tout le monde s'est marré.

Mais l'Emmerdeur, c'est une autre paire de bretelles! Vieux Léon, comment c'était, vous deux? Dis donc, Léon, tu la connaissais bien, la Vieille? Et t'étais copain avec le Gamin? Et le Commis-Boucher aussi, il te connaissait, t'allais faire les courses…

Il voulait plus me lâcher! Je suis allé trouver Gabelou et je lui ai fait sentir que s'il souhaitait une collaboration franche et sincère de ma part, il fallait qu'il me tire des griffes de l'Emmerdeur. Gabelou, il n'a pas un mauvais fond. Il a pigé tout de suite.

Au début, ils m'étaient tous tombés dessus, le neveu de la Vieille, les parents du Gamin, le patron boucher – celui-là, il a une sale histoire avec l'assurance, d'après ce que j'ai compris, c'est pour ça que l'Emmerdeur est sur le coup – j'ai eu un mal fou à m'en sortir, de leurs questions…

La Vieille? Je la connaissais de vue, pas plus, on se croisait dans l'escalier. Le Commis? Pareil quand j'allais en commission… Et le Gamin? Oh, je l'ai entrevu une ou deux fois dans la cité, et pourtant, l'Emmerdeur voudrait à tout prix que je l'aie bien connu.

Mais, que voulez-vous? Ça jase, ça jase, tout ce petit monde, et ça finit par ne plus discerner le vrai du faux, le bon grain de l'ivraie, comme disait mon ancien patron, un paysan…

L'Emmerdeur n'est pas très malin, mais il est obstiné, coriace. Il ne faut pas le prendre pour une truffe, c'est un dégourdi, sous ses airs de bravache. Méfiance. Il arriverait bien à me mouiller. À force de combine et de blablabla… Je n'ai jamais desserré les dents, à chacune de ses visites. Il était là, tout miel tout sucre devant moi, à me passer la brosse à reluire, mais je le tenais à l'œil!

Toute cette méfiance, ça me vient de mes origines paysannes. Les citadins, ce sont de gros nigauds, dressés par la télé. Ils y perdraient les pédales, dans tout ce micmac. Pas moi, Vieux Léon, je suis un type de la campagne.

C'est comme ça, on y peut rien. L'Emmerdeur se croit supérieur, avec ses bobards éventés, ses coups tordus, ses ruses de maquignon… Vieux Léon, c'est d'une autre trempe que ce gourgandin! Des de mon acabit, on n'en fabrique plus. Et c'est dommage, parce que le monde est sur une sale pente, et la sagesse rurale, si vous m'en croyez, ça contribue à endiguer les désastres. C'est ce que j'ai toujours pensé!

Ah oui, je n'ai pas eu une vie toujours rose. Pas si rose que le teint de soiffard de l'Emmerdeur, gorgé de vinasse et de gnôle ; moi, j'ai longtemps vécu au pain sec et à l'eau, à la dure, en somme.

Lui, le Coupable, je l'ai rencontré sur mes vieux jours. Dès le premier instant, j'ai bien senti qu'il était au bout du rouleau. Oh, ça ne se voyait pas à sa mise, très soignée, à ses manières, polies et prévenantes… Non, son bout du rouleau, c'était autre chose, un rien dans la démarche, la fatigue qui suait de tous ses gestes, à grosses gouttes, pas la fatigue d'une journée de travail aux champs, comme nous autres les paysans. Non, la fatigue du fond du bonhomme, celle qui fait grincer la carcasse, crisser les mécaniques, et on se dit : ce gars-là a besoin d'une goutte d'huile dans les rouages, mais voilà, personne n'a la burette qui permettrait de mettre un peu de graisse dans l'engrenage, et le lascar termine à la casse avant d'avoir fini de servir.

Et moi, me direz-vous, j'y étais pas, au bout du rouleau? À mon âge? Dans quel état elle était, ma carcasse, usée par les travaux de la ferme?

Allez, Vieux Léon, t'abaisse pas à te plaindre… C'est ce que je pense toujours, la fierté, les crachats des autres s'y usent comme sur du galet!

Je suis né là… à Altay. Avant, on ne disait pas Altay-I ou Altay-II, c'est tout juste si on disait. C'était une étendue de champs de blé, de pâturages, au loin, il y avait des maisons, derrière les bois. Moi, tout gosse, je ne m'étais jamais aventuré au-delà des bois, j'étais trop trouillard.

Né à la ferme, j'y avais grandi, et tout d'un coup, me voilà adulte, avec la quéquette qui me travaillait, et je ne savais pas quoi en faire. La journée, je gardais les bêtes, dans les champs, et le soir, avec les copains, on rentrait à la ferme, hop, tous à dormir à côté de l'étable, et la quéquette qui nous travaillait tous. Pas facile de trouver un coin douillet pour la mettre! Eh oui, ça fait rigoler, maintenant, c'est plus pareil… Aujourd'hui, la mienne, elle est toute rabougrie, toute plissée, ridée, elle demande plus rien, mais au temps de ma jeunesse, cré nom de nom! Même l'Emmerdeur, il en aurait été jaloux… Parce qu'il faut le voir, celui-là, avec les dames, tiens, dans la cage d'escalier de l'immeuble, il en perd pas une, à zyeuter le dessous des ménagères quand elles montent les étages, ah le gaillard! Il m'a tout raconté… C'est quand il venait fouiner chez nous, pour l'affaire, le Commis-Boucher, la Vieille et le Gamin…

Eh Vieux Léon! qu'il s'écriait, tu dois en savoir, des choses… Me regarde pas comme ça, montre-moi un indice, et t'auras une vie de pacha!

De pacha! Comme si j'étais le genre de gars à mener une vie de roi… À la dure, j'ai toujours vécu, à la dure. Au cul des vaches, tout gamin, dans le froid, la neige… Et puis Altay a changé. Au début c'était presque rien, des gars avec des drôles de voitures, qui sillonnaient les champs, armés de lunettes pour voir loin…

Ils arpentaient nos terres, faisaient peur aux bêtes à coup de klaxon, et disparaissaient pour revenir six jours plus tard. Planter un poteau. Déposer une borne. Comme une vache ses bouses… Mais leur merde à eux n'enrichissait pas la culture, ah non, ils en ont coupé des arbres, rasé le bois où j'allais me balader avec mon Eulalie, celle qu'est devenue mienne… Et ils amenaient des camions, des bennes, déplaçaient la terre, creusaient des trous, des fosses. C'est venu petit à petit. Avant, il y avait que le clocher qui dépassait de la plaine, et puis, pof, une tour, une grue, un pylône. Nous, les ruraux, on a rebroussé chemin tant qu'on a pu. On a mené nos bêtes de l'autre côté, histoire de montrer notre cul à leurs grues… Vieux Léon, il me disait, l'Emmerdeur, t'es un pécore rustique, une espèce disparue…

Le Coupable, c'est le rayon de soleil de l'amitié,

venu réchauffer mes vieux jours. Je sais pas bien expliquer, ça fait un peu ronflant, mais c'est du solide, de l'enraciné, de l'enfoui profond, plus que leurs pylônes!

Ah, les pylônes, moi et mon Eulalie, on les regardait pousser, le soir, quand nos bêtes étaient couchées. Et l'Eulalie est morte en couches, un vrai drame. Je me suis senti perdu, plus de goût à rien. Les patrons de la ferme ont été indulgents, ils ont compris que c'était pas réparable, la douleur qui me frappait. Mes mômes, j'en avais trois, sont partis, à droite à gauche, dans d'autres fermes. J'étais incapable de m'occuper d'eux. De bonnes âmes s'en sont chargées. J'ai continué de travailler, mais le cœur n'y était plus, je faisais tout mécanique: les bêtes, le pâturage, l'étable, et rebelote l'étable, le pâturage, les bêtes…

Lui, le Coupable, son Eulalie à lui, c'est une autre histoire. Une garce, ça l'a foutu en l'air. C'est peut-être ce qui nous a réunis, notre malheur, notre plus-de-goût-à-rien. Mais lui, il la cachait bien, sa sale affaire.

La première fois où on s'est rencontrés, lui et moi, c'était l'an dernier, en mars. Devant un bistrot. Lui il en sortait, moi, je n'osais pas y entrer, pensez donc, un vieux tel que moi! C'était à Altay-II, avec toutes ces familles, ça grouillait de gosses partout, alors, il a fallu installer un collège où le Coupable travaillait. Le bistrot était en face du collège, pas bien loin du centre Carrefour, mais attention : pas un troquet minable, du luxe, avec un néon bleu qui clignotait «Altay-Club». Il y allait souvent, le Coupable. Mais c'était point un ivrogne. Un soir, on s'est croisés, donc, aux premiers beaux jours de l'an dernier. Le soleil se couchait dans un fouillis de pylônes, de grues et de bétonneuses, brusquement immobiles dans la nuit qui tombait, comme les insectes que le patron de la ferme clouait sur une planche, avant de les ranger dans une vitrine prévue exprès pour, du temps de ma jeunesse… Il n'y avait pas encore de bitume partout, et on pataugeait dans la boue des chantiers, pire que dans les champs avec les pluies d'automne. Les chaussures du Coupable en étaient toutes crottées.

Il m'a regardé de son air las, mais au fond de ses yeux, j'ai vu la lueur qui trompe pas – j'en cause pour ceux qui l'ont déjà vue, cette lueur-là, les autres tant pis – et c'était là, entre nous, un gros bloc compact d'envie de rester ensemble, parce que lui aussi, dans mes yeux chassieux, il l'avait discernée, la foutue lueur…

Depuis, ça a été entre nous à la va comme je te pousse, pour le pire et le meilleur, des potes, et aujourd'hui, il faut que Gabelou me retienne prisonnier pour m'empêcher d'être à son chevet, à lui remonter le moral.

Neuf mois, on a bourlingué tous les deux. Jusqu'à la semaine dernière, où Gabelou l'a arrêté…

J'étais libre, sans boulot, et je pouvais quand même rendre de petits services, alors, ça s'est pas fait d'un coup, mais petit à petit, je me suis installé chez lui, à la mi-avril… Avec sa garce, ça a chauffé… S'il avait su, ce que c'était, avec mon Eulalie… Oh, ça lui aurait fait trop de peine, d'apprendre qu'une telle félicité était possible…

Le Coupable et moi, on reste des heures ensemble,

sans bouger, sans un bruit. Et nos deux silences se tiennent la main.

*

Si, après la petite séance du cimetière, Gabelou avait regagné Paris, l'Emmerdeur, lui, était resté dans les parages du village normand où le Gamin reposait désormais.

Il avait entraîné une journaliste dans un restaurant, à quelques kilomètres de là, et, cigare au bec, il pérorait, à demi avachi sur la table chargée des reliefs du repas qu'ils venaient de s'offrir, aux frais de la rédaction… Les carcasses de crabes, encore encroûtées de chair, servaient à présent de cendrier.

— Non… vous comprenez, disait l'Emmerdeur, c'est trop facile, il suffirait de signer un formulaire, et tout serait fini, hop, enterré, plus de cadavre, qu'est-ce que ça veut dire, un boulot pareil? Pas de preuves, pas de preuves, allons donc, si on en veut, on en trouve!

— Ils prétendent qu'il est vraiment fou, qu'il a tout lu dans le journal communal… risqua la journaliste.

— Des bobards pour amuser les gogos, tonna l'Emmerdeur, en allumant un autre cigare. Pensez donc!

— Mais l'autopsie du Gamin n'a rien donné?

— Ouais… et dire que j'ai fait des pieds et des mains pour convaincre la famille, oh des braves gens! Notez bien, pour le Gamin, je ne dis pas, après tout, c'est du beau boulot : la porte ouverte, un coup de pied dans le cul et tagadac, c'est rectifié. De la petite chair tendre contre un pylône de béton, voyez ça d'ici, mmh? Mais la Vieille, il doit bien y avoir des traces, des coups?

— Oh, ça date de deux mois de plus que le Gamin, et le cadavre, à ce qu'on dit, c'est pas jojo...

— Pas jojo? 'videmment, au gaz! C'est jamais bien ragoûtant, les poumons qui se racornissent, en plus, c'était une sacrée fumeuse, 'se roulait du gros gris, voyez ça d'ici! Ils ont charcuté là-dedans, mais c'est autour, qu'il fallait regarder... Elle s'est peut-être défendue?

La serveuse du restaurant leur apporta deux cognacs et l'Emmerdeur leva son verre en pleine lumière afin d'admirer la robe mordorée de l'alcool.

— Et, où est-elle, la Vieille?

— Au cimetière de Thiais. On a porté plainte, un petit neveu, que j'ai décidé in extremis, mais ça ne sert à rien...

— Mais vous, la Vieille et le Gamin, ça ne vous regarde pas?

— Et tiens donc... si on trouve quelque chose, du coup, crac, mon Commis-Boucher il n'est plus net! La Compagnie ne veut pas payer!

— Forcément, forcément... murmura la journaliste.

— Non... alors j'en suis à remuer la boue: le commissaire d'Altay-II qui signe des permis d'inhumer sans faire d'enquête! Pouvez inscrire ça dans votre canard, y a plus à se gêner, on file un coup de butane dans les bronches de la mémé, on touche l'héritage, et c'est classé!

— Oui... sauf que là, il n'y avait pas d'héritage!

— Je disais ça pour l'exemple! Une supposition,

que cette idée vous vienne à l'esprit, vous avez une grand-mère, vous?

— Les deux sont mortes…

— Eh? Enfin, pour mon Commis-Boucher, je lâche pas. Le cadavre d'accord, il est net : le thorax écrasé, le cœur enroulé autour des vertèbres, les poumons mousseux, rien à redire, un choc, un seul, mais le vélo!

— Le vélo?

— Il est complètement foutu. Alors s'il n'y a eu qu'un choc, pourquoi le vélo est-il plié en quatre, hein? En deux, passe encore, de plein fouet, je veux bien être large, mais en quatre? Plus de selle – éjectée – les rayons tordus dans tous les sens, comme si on avait roulé dessus en s'acharnant…

Brusquement essoufflé, l'Emmerdeur se tut. Il trempa les lèvres dans son verre, et fit claquer sa langue joyeusement. La journaliste griffonnait machinalement sur son carnet. Il lui avait garanti une interview exclusive en échange de la mention du nom de la Compagnie, en caractères gras… Le deal était correct. L'Emmerdeur avait dit ça : «le deal». «T'as ton papier, moi je me redore le blason vis-à-vis de la Compagnie, j'en ai bien besoin.»

L'Emmerdeur était un grand type efflanqué à l'œil maussade. Il n'avait pas vu passer la trentaine et s'était jusqu'à présent nourri au râtelier de combines approximatives – rachats de magasins en faillite ou cabinets de psychologues-conseil pour entreprises en voie de naufrage – avant d'aboutir à la Compagnie… Un vautour de la Crise.

La journaliste, elle, était une petite poule pimpante.

Ils quittèrent le restaurant et se retrouvèrent sur la plage, où s'égayaient les mouettes. L'Emmerdeur ramassa quelques galets qu'il lança au loin, sans parvenir à faire des ricochets.

Puis ils remontèrent dans la voiture de l'Emmerdeur, une vieille Maserati à bout de souffle, afin de regagner Paris.

— Au fait… qu'est-ce que vous pensez du Vieux Léon? demanda la journaliste, après quelques minutes de silence.

— Ah celui-là, s'il parlait, on saurait tout! Mais je t'en fous, rien à en tirer!

Puis l'Emmerdeur, tout en conduisant, se tourna vers sa passagère, et, glissant une main sur son genou lui demanda s'il pouvait avoir confiance en elle. Totalement confiance en elle, voulait-il dire. Elle acquiesça.

— Vous savez, reprit-il, j'ai été le premier à rentrer dans l'appartement… Pas vraiment le premier, mais presque. Et vous avez entendu parler des cassettes? Bien… j'en ai volé une, avant que la police n'arrive.

Elle fit des yeux ronds. Mais l'Emmerdeur eut une moue de dépit.

— Oh… dit-il, j'en ai pris une, au hasard. Je n'ai pas pu écouter toutes celles que Gabelou a raflées.

— C'était vraiment un journal… enfin une confession?

— Si on veut, celle que j'ai, ça ne ressemble à rien. Tenez. Écoutez.

Il avait sorti une boîte de la poche de sa veste et l'enclencha dans l'auto-radio. Il y eut un blanc, puis la voix du Coupable résonna dans l'habitacle de la voiture. Au-dehors, la pluie tombait, dégoulinant sur les vitres…

Ah ah, vieux Léon, on peut être fiers de nous, hein? La retrouveront jamais, la poison, la mégère, le fléau, la peste. Bouche cousue, hein, Léon? Juré promis, on crache par terre, serment du sang, on est deux frères!

Bon, pour ce soir, projet grandiose: aménagement de la zone sud. Excavatrice, grand chantier. Faut déblayer, Léon, faut déblayer. Droit devant, direction salle de bains-living, voie express, TGV, t'as vu la qualité? Du dernier modèle, trois wagons, plus la motrice, et les signaux, on va tracer la voie, allez aide-moi. T'as soif? Non, t'as assez bu comme ça.

Fais-moi penser à racheter des sacs. Allez, le train doit passer, c'est le progrès. Tu crois qu'elle nous entend, la poison? Allez, oui, c'est ça, creuse jusqu'au canapé.

Hé, Léon, si quelqu'un vient quand je ne suis pas là, silence et bouche cousue, motus et tutti quanti, morituri te salutant, ah, t'as pas fait de latin, toi, Léon?

Ah la garce, elle voulait que je m'y remette, au latin, la garce. Pour le concours d'Inspecteur. Tu me vois, à mon âge? Refaire des versions et des thèmes, Carthago delenda est, dicitur Homerus caecus fuisse, non, je te jure, elle en avait, de ces idées… On a bien fait de la buter.

Note bien, j'étais bon, en latin, mais pour le concours, c'était mieux que je fasse histoire/géo, en option. Au lieu de latin. Tu dors, Léon?

Léon, t'es le bon bougre, mais t'es pas très cultu-rel…

— Voilà, dit l'Emmerdeur, après avoir coupé le son. Et ça dure des heures. Il branchait son magnéto en rentrant chez lui et c'était parti pour la soirée…

La Vieille et le Gamin dormaient donc à poings fermés dans leur tombe respective, ainsi que le Commis-Boucher, que l'on était venu déranger lui aussi, dans son sommeil éternel, lors de l'autopsie qui précéda celle de la Vieille.

Il n'en était pas de même pour le Visiteur, dont le cadavre attendait qu'on veuille bien lui demander ce qu'il avait à dire, allongé dans un tiroir réfrigéré, au second sous-sol de la morgue du quai de la Rapée.

Depuis une semaine, il patientait, disponible pour tous les examens et interrogatoires à coups de scalpel, de trépan et d'autres instruments encore plus persuasifs.

Gabelou ne croyait certes pas que le ventre – à la peau tendue sur des abandons de viscères bourgeonnant de mucosités fétides – pût s'ouvrir tout à coup et énoncer une vérité immédiatement traduisible en termes juridiques… mais il le contemplait avec étonnement, comme s'il s'était malgré tout préparé à de tels aveux, jaillissant par surprise de cette nudité tranquille, là, dans les sous-sols de l'Institut médico-légal.

Tous les tiroirs portaient une petite étiquette blanche indiquant un nom ou, à défaut, un numéro. Gabelou était fasciné par ce classement méticuleux de la mort et de ses accessoires : dans une pièce voisine, on trouvait les vêtements, soigneusement pliés dans des sachets de plastique, dûment étiquetés.

Il y avait de tout, ou presque. Un véritable magasin de carnaval. Des tenues de soirée, des uniformes militaires, une soutane voisinant avec un porte-jarretelles, vestige d'on ne sait quelle orgie démoniaque, et des vêtements ordinaires, dont la banalité confinait au pathétique, tant leur trivialité refusait de se conformer à la magie glacée qui hantait les lieux… Gabelou effleura du doigt le carton agrafé au sac recelant les effets du Visiteur. L'inventaire était laconique :

Costume tergal bleu nuit portant l'étiquette de la «Camif» / mocassins idem/ sous-vêtements, slip et tricot idem/ Une ceinture lombaire anti-rhumatismale du docteur Scholl/ à noter : l'état du pantalon et du slip, fortement détériorés aux deux fesses, au mollet droit.

Les veilleurs de la Morgue étaient habitués aux visites tardives du commissaire Gabelou. Ils le voyaient prendre seul l'ascenseur menant aux sous-sols…

Mais, le soir où il revint de Normandie après l'exhumation du corps du Gamin, un terrible accident d'avion se produisit à Orly : la sarabande des ambulances le dérangea dans son pèlerinage mortuaire. Et, à en juger par le contenu des premiers sacs que livrait le SAMU, «ça allait salement décoiffer», comme l'aurait dit le neveu de Gabelou, élève de seconde au lycée Henri-IV.

Le commissaire quitta donc l'endroit, trop agité, et longea en marchant à grandes enjambées les rives de la Seine, vers le Quartier Latin. La neige qui tombait depuis le soir avait déjà recouvert les trottoirs désertés par les promeneurs. Il faisait froid et, au fin fond des couloirs d'un des étages du quai des Orfèvres, l'inspecteur chargé de garder le Vieux Léon contemplait avec mélancolie les toits de Paris.

Il effaçait du revers de sa manche les traces de buée que son haleine avait créées contre la vitre de la fenêtre grillagée, lorsque Gabelou pénétra dans le bureau.

*

— Alors Léon, comment va? s'écria Gabelou.

Le bureau était une pièce assez vaste encombrée d'un fouillis invraisemblable. Léon, au milieu de ce fatras de dossiers, de vêtements, avait tout juste l'air d'un accessoire, assis dans son fauteuil, le front bas, l'œil buté. Il avait à peine sursauté quand Gabelou était entré. Son regard inexpressif demeurait fixé sur une table de camping, où s'empilaient des modèles réduits ferroviaires, et des cassettes de magnétophone.

— Sacré Léon, reprit Gabelou, toujours aussi silencieux!

— Il a pas bougé de là… raconta l'inspecteur qui avait assuré la permanence durant toute la soirée.

Gabelou s'assit face à lui, et, les deux mains sous

le menton, le dévisagea longuement. Puis il prit une cassette, de bonne qualité, au dioxyde de chrome. Et la voix du Coupable retentit lorsqu'il appuya sur la touche play…

… te bile pas, Vieux Léon, la garce, elle a payé, maintenant, on va être tranquilles, tous les deux, hein, t'es d'accord? Fais pas cette tête-là! Aucun risque qu'on la retrouve…

C'est pas moral, mais moi, je souffrais trop, on ne peut pas faire souffrir quelqu'un comme ça. Vieux Léon, tu dois savoir ça, non? Elle la mettra plus, sa jupe fendue, pour me faire envie, et au dernier moment, pas touche, minable, c'est pas pour toi, la peau soyeuse de la belle Irène!

Hein, Léon, t'es d'accord? J'en bavais, d'elle, à n'en plus finir, et tintin pour moi, tout le temps! Sauf deux trois fois par an, à mon anniversaire, à Noël, et au 15 août, pourquoi le 15 août, je te demande? Je me demande, enfin, le 15 août. Et le reste de l'année, non, toujours non… Minable, la belle Irène disait que j'étais un minable, Vieux Léon, mais c'est fini, on va être bien, tous les deux, sans elle.

T'approche pas de là, Léon, je veux pas. Elle est là, et il faut l'oublier. On va la cacher, faire du bruit, tiens, et d'une, je vais m'acheter une locomotive.

Elle voulait plus que j'achète mes trains, tu te rends compte? À Carrefour, ils ont un rayon, c'est pas terrible, mais c'est bien, juste pour le petit matériel, le ballast, l'éclairage, les fils.

Pour les trains, les wagons, les maisons, je vais ailleurs, à Paris. Tcchh, tchh, tchh, Léon, on va bien rire, tous les deux, avec les trains! T'as une tête de chef de gare, Léon. Tu la connais, la chanson, il est cocu, le chef de gare, il est cocu le chef...

Bah Léon? Elle te fait de la peine, ma chanson? Non! Plus à ton âge... Tu peux plus être cocu, toi...

Moi si, oh là là... Justement, il n'y a que le train qui ne lui est pas passé dessus. Le surveillant de la cantine, au CES, et le chef de la division des examens et concours, à l'Inspection Académique, et peut-être même mes anciens élèves, pourquoi pas?

Et l'Inspecteur, celui-là c'est certain, je les ai vus, le jour de la fin des classes. Il y avait un pot, au CES. Tout le monde était un peu rond, d'accord. Justement, avec le coordinateur des profs de gym, je suis allé à la réserve, chercher quelques autres bouteilles de pastis, et, dans le bureau du surgé, ils étaient là, elle, avec sa jupe fendue, lui, sa grosse main sous la jupe, et leurs bouches qui ne pouvaient plus se décoller!

Pour ne pas avoir l'air bête devant le coordinateur des profs de gym, j'ai ri, en lançant «alors les tourtereaux, c'est la saison des amours?» et j'ai vite refermé la porte. Le coordinateur était tout émoustillé, c'était la jupe d'Irène, sans doute, et je te jure, Léon, là, dans cette pièce, ça sentait l'amour, les foins, le printemps, le rut : tout ce qu'elle me refuse. J'ai fait un clin d'œil au coordinateur, en lui expliquant que nous étions un couple «libéré». On est revenus dans le réfectoire avec nos bouteilles de pastis, et pour garder contenance, j'ai pincé les fesses de la prof de musique. Elle en est restée soufflée, j'ai filé. Le coordinateur m'avait vu, la fable du couple «libéré» pouvait tenir...

Après, le soir, à la maison, huit jours avant que tu n'arrives, je l'ai traitée de traînée, de roulure, de paillasse à soldat, de fille à cent sous... Elle m'a écouté en silence, sans desserrer ses jolies lèvres. Elle a haussé les épaules, comme toujours, l'air de dire: tout ce que tu racontes, c'est moins qu'un pet de lapin...

Et, en se retournant, alors qu'elle se dirigeait vers la salle de bains, peut-être sans le faire exprès? elle a écrasé ma maquette de la gare de triage! Deux cents pièces que j'avais assemblées tous les soirs de la semaine, collées une à une, j'avais commandé les couleurs pour la peindre, les décalcomanies en lettres gothiques, elle devait aller dans mon circuit allemand, celui qui est sous le canapé du salon, vissé à une plaque d'aggloméré. Il est trop grand pour que je le sorte en permanence...

... Son pied nu dans une mule à pompon, je n'aime pas ça, ça fait vulgaire, une femme comme Irène, des mules à pompons, enfin...! Son pied s'est posé juste sur le bâtiment principal, il y en a trois, en étoile, le plastique s'est écrasé... j'ai crié.

Vite, j'ai poussé son pied, pour estimer les dégâts. On ne pouvait pas sauver grand-chose, je devais racheter les trois quarts des pièces...

J'étais là, désemparé, avec les bouts de plastique écrasés dans la main, et alors, elle a été comme toujours dans ces cas-là, gentille et prévenante, elle s'est agenouillée auprès de moi, a passé les bras autour de mon cou; c'était bon, Vieux Léon, ce baiser-là, et le lendemain, elle est allée dans un magasin à Paris, elle a racheté la maquette de la gare de triage, en pièces détachées; dans un paquet cadeau, en plus, elle avait mis la dernière nouveauté d'Hornby H. O., une loco-vapeur de la série américaine, la Grant 302, celle qui manquait dans mon circuit de la Guerre de Secession.

Une machine ravissante, toute noire, luisante, j'avais déjà les wagons, mais j'attendais le paiement des heures de permanence du dernier trimestre – l'intendant du collège est toujours en retard – pour l'acheter. Je l'ai fait rouler tout de suite, elle faisait son effet, tu sais, Léon, en grimpant mes petites collines de polystyrène, avec mes soldats bleus...

Irène, c'était ça, la douche écossaise en permanence, la vacherie la plus déloyale et hop, dans la seconde qui suit, bisous-câlins mon chéri.

Oui, c'était vraiment ça, parce que le dimanche suivant, juste avant le départ en vacances, elle a préparé un petit repas, le midi, j'étais content, mais il y avait un invité : l'Inspecteur. Tu vois, Léon, c'était bien une garce...

*

Hé oui, l'Irène, il avait raison, c'était pas du gâteau. Je ne l'ai pas beaucoup connue, mais avec les femmes, j'ai toujours eu du flair et aussi sûr que mon Eulalie était une crème, celle-là, son Irène, c'était plutôt de la soupe au vinaigre.

Mais la chair est faible, on se laisse aveugler par une descente de reins un peu trop bien galbée ou des paroles tendres, et crac dedans, le piège se referme.

La première fois que je l'ai vue, son Irène, elle m'a

glissé une de ces œillades, que j'en ai eu froid dans le dos! Le soir où on s'était rencontrés, lui et moi, devant l'Altay-Club, on avait marché tous les deux, du côté des terrains vagues, en face du CES, et on s'était quittés. Plusieurs soirs de suite, je l'ai retrouvé au même endroit, alors voilà, un soir, je me suis laissé inviter chez lui. Pas de mal à ça.

Eh bien, son Irène, elle a pas bien réagi. Elle l'a engueulé, lui, en lui demandant si c'était ça – c'est-à-dire moi, Vieux Léon – ses nouvelles fréquentations, et ce ne serait pas en s'acoquinant avec des loques comme moi qu'il réussirait son concours pour devenir Inspecteur… J'ai pas voulu insister et j'ai filé, en restant poli tout de même.

En descendant l'escalier, j'ai tendu l'oreille, mais c'était à n'y rien comprendre, dans leurs cris. Je n'ai pas bien apprécié, parce que moi, avec mon Eulalie, ça nous arrivait de nous chamailler, mais on le faisait pas devant les autres…

On se revoyait tous les soirs devant l'Altay-Club, et c'était pas bien compliqué de deviner que chez lui, ça tournait de moins en moins rond.

Puis, brusquement, pendant plusieurs jours, je ne l'ai plus vu. J'attendais, en traînant dans les parages du CES, de toute façon, j'avais rien d'autre à faire, et c'est la fatalité qui me poussait, en me disant que ce gars-là et moi, on était faits pour nous entendre, ah ça oui!

Et quand je l'apercevais, il était avec ses collègues ; pour ne pas le gêner, j'allais pas l'aborder devant eux. Il me faisait la gueule ou quoi?

Enfin, une semaine s'était écoulée sans le voir, et

hop, il radine devant l'Altay-Club en faisant des grands gestes, il me file des claques dans le dos en m'appelant son Vieux Léon ; il était en pleine forme, et, dans sa voiture, il me montre ce qu'il avait acheté pour préparer un gueuleton pour nous deux.

Alors nous voilà chez lui. J'ai posé mes vieilles fesses sur le rebord d'un fauteuil, en attendant la gueulante de son Irène, quand elle allait me voir là, dans son salon à elle, la dernière fois, j'avais mis un peu de boue sur la moquette…

J'avais la trouille, mais comme plusieurs jours venaient de s'écouler sans que j'aie avalé un repas correct, pas la peine de mentir, j'étais décidé à faire le dos rond sous le regard de la mégère pourvu que je m'en mette plein la lampe !

Mais tout était silencieux, et lui il s'affairait à servir à boire ; à mon air surpris, il a bien vu que j'avais deviné quelque chose d'anormal.

Et il a rigolé en disant que je n'avais pas à me trémousser comme ça, rien à craindre. J'ai refroidi Irène, a-t-il dit. Re-froi-di. Moi, dans ma tête, j'essaie toujours d'accommoder les choses pour avoir le moins d'ennuis possible et j'ai cru qu'Irène avait la grippe, ce qui était bizarre pour la saison, mais bon, elle avait froid.

Fais pas semblant de pas comprendre, Vieux Léon, a-t-il insisté, t'es pas né de la dernière pluie, j'ai buté la mégère !

J'ai claqué des dents parce que j'étais là avec lui, chez eux, et je voyais venir les complications. J'ai dû avoir l'air de demander pourquoi il avait fait ça, puisqu'il a soupiré en disant «pourquoi… pourquoi…»

il ne savait pas pourquoi il ne l'avait pas fait plus tôt, pourquoi maintenant, et peut-être était-ce à cause du papier qu'il me montrait, là dans l'enveloppe, sur la petite table du salon.

J'ai encore loupé le concours d'Inspecteur, a-t-il dit, et Irène s'est foutue de moi, alors ça a été plus fort que tout, allez, je l'ai butée.

J'ai fait le tour de l'appartement, pour voir où elle était. Il avait déménagé toutes ses affaires à elle. Dans la salle de bains, toutes ses crèmes, et ses trucs de bonne femme avaient disparu et la penderie était à moitié vide, c'était déjà bon signe, il avait au moins supprimé les traces de son existence passée, mais le principal, c'était le cadavre. À voir mon regard interrogatif, il s'est marré, en sifflant un autre verre de pastis.

Tu voudrais savoir où elle est, hein? Vieux salaud de Léon? Il a fait un geste avec son pouce, en arrière, pour montrer la cuisine. J'ai jeté un coup d'œil, mais il n'y avait rien.

Dans le congélateur, a-t-il dit, elle est dans le congélateur. C'était un gros, presque aussi gros que celui de l'Altay-Club, où ils mettent les gigots, et les poulets...

Pour être soufflé, j'étais soufflé! Du coup je me suis assis. Il avait nettoyé toutes les traces de sang, c'était propre, et là, au moins, dans le congélateur de la Camif, elle nous foutrait la paix, la garce!

De le voir si joyeux, ça m'a mis de bonne humeur. Alors on a fait un gueuleton avec tout ce qu'il avait acheté, on s'en est collé plein la panse, on a roté, pété comme deux larrons en foire. C'était la plus belle soirée de ma vie. Enfin, depuis la mort de ma pauvre Eulalie.

Dès le lendemain, je me suis installé chez lui. J'avais mon coin, lui le sien, on se gênait pas. Comme je ne savais pas où loger, j'ai écrasé le coup du congélateur. Il se méfiait un peu de moi, mais je ne lui en veux pas. Il a mis une grosse chaîne au-dessus du couvercle, des sacs de poubelles par-dessus, et on n'entrait plus dans la cuisine. Il fallait faire la vaisselle dans le lavabo de la salle de bains. On était les rois. Personne ne nous dérangeait. Le voisin d'à côté, un collègue du Coupable, s'était un peu trop fait chahuter par ses élèves et ça lui avait porté sur le ciboulot, à la longue. Il était chez les fous, à la campagne.

On a vécu heureux, mon copain et moi, pendant à peu près six mois. Je me suis installé en avril, et jusqu'en septembre, tout allait bien. On est pas partis en vacances, et le Coupable a fait les centres aérés pour gagner plus de sous, en juillet-août.

Oui, jusqu'à la rentrée, c'était peinard, c'est après que ça s'est brusquement gâté.

*

Gabelou s'était donné beaucoup de mal à classer les bandes dans un ordre chronologique. Il les avait toutes écoutées, patiemment, à la recherche d'une preuve de la culpabilité du Coupable.

On les lui avait amenées en vrac, dans un sac de toile, sitôt le ménage fait. Il ne pouvait se douter que l'Emmerdeur était parvenu à en faucher une. À

46

présent, il en connaissait certaines presque par cœur. Celles du début, où les phrases restaient structurées. Et il imaginait le Coupable, travaillant à construire ses maquettes, déblatérant devant son magnéto, sous l'œil indifférent du Vieux Léon.

Car jamais l'on entendait Léon. À croire qu'il avait assisté à tout cela sans broncher, sans rechigner.

*

Sans rechigner, sans rechigner, et pourquoi donc je me serais plaint ? J'étais bien traité. Pauvre flic, il voudrait bien que je l'aide. Je l'aime bien. C'est lui qui m'a tiré des griffes de l'Emmerdeur. C'est l'Emmerdeur qui a tout vu le premier. Enfin, pas vraiment le premier, le deuxième. Avant, il y a eu le gardien du bloc.

On était là, tous les trois, le Coupable, moi, et le Visiteur quand le gardien a enfoncé la porte. Il a fait un pas chez nous, et zou, il est tombé dans les pommes. Il y avait un autre gars avec lui, qui a juste passé la tête dans l'entrebâillement de la porte, et qui s'est mis à hurler, en se sauvant.

Moi, je me suis caché dans le Canyon. C'est comme ça que le Coupable appelait le couloir de ma chambre. Et j'ai entendu un bruit de cavalcade. L'Emmerdeur est arrivé ; avec un mouchoir qu'il tenait sur son nez. Il était là, sur le palier, et il secouait la tête en disant «c'est pas possible, c'est pas possible». Il a vu le magnétophone et les cassettes, et hop, d'un geste rapide, il en a fauché une, au pif. Pour la vendre aux journalistes, sans doute. Et il est retourné sur le

47

palier en criant «les pompiers, faut appeler les pompiers!»

Alors moi, j'en ai profité pour filer. J'ai enjambé le gardien, toujours évanoui, et j'ai couru jusqu'au dernier étage, pour grimper sur la terrasse du toit, par la sortie de secours! De là, je suis arrivé au-dessous de l'immeuble voisin : les bâtiments se touchent. Dans la rue, en bas, j'ai vu les pompiers, les flics, et des bonnes femmes qui gueulaient que c'était pas croyable.

J'étais à demi soulagé. Tout le monde dans la cité savait que je vivais chez le Coupable, mais personne ne m'avait vu dans l'appartement avec le Visiteur, donc on ne pouvait pas m'accuser!

Les gendarmes, je les avais déjà vus, quelques années plus tôt. À la ferme. Il y avait eu des poules volées et un salaud n'avait rien trouvé de mieux à dire que c'était peut-être moi! Ils n'avaient même pas fait attention à tous ces racontars, mais je sais bien qu'il faut se tenir à carreau, avec eux…

*

Gabelou se servit un café. En le buvant à petites gorgées, il écoutait la voix du Coupable, retransmise par le haut-parleur. Le son n'était pas d'une qualité exceptionnelle. Il n'y avait que deux boutons, l'un pour l'intensité, l'autre pour les graves/aigus.

— Il est fou, hein, Léon…? marmonna Gabelou.

Il était presque décidé à refermer tous les dossiers, à laisser le juge d'instruction se débrouiller avec les bandes. Ce qui le chagrinait, c'étaient les trains. Qu'allaient-elles devenir, ces maquettes? Il y en avait pour une fortune. On ne pouvait pas en faire cadeau au collège où travaillait le Coupable, ni les lui laisser en prison, s'il s'en sortait. Elles auraient pris trop de place dans une cellule. Gabelou, en douce, s'était déjà approprié la Grant 302, du circuit américain. Elle trônait dans sa bibliothèque. Un modèle réduit magnifique. La cheminée était munie d'un orifice dans lequel on pouvait glisser de petites pastilles fumigènes… l'illusion était parfaite, pourvu que l'on accepte de voir les dimensions de l'espace se réduire.

Je dois parler. J'ai tout dit à Léon, mais il est vieux, peut-être mourra-t-il bientôt, et sa pauvre tête n'est de toute façon pas très solide.

Je dois parler, me confesser, avouer. Je suis heureux. Je l'ai tuée. Elle me harcelait, sans cesse, m'empêchait de vivre, voulait que je passe ce concours, pour gagner plus d'argent, et surtout pour que je devienne un personnage plus important.

Pourtant, je suis très satisfait de ma vie, au collège. J'ai ma classe, une quinzaine de gamins, tout va bien. C'est une CPPN, une classe dépotoir.

Irène, elle, était documentaliste, et avec sa jupe fendue, elle aguichait l'Inspecteur, et aussi le chef de la division des examens à l'Académie, et le pion boutonneux de la cantine.

Elle n'avait pas à se plaindre : on m'a donné un appartement de fonction ; en économisant le loyer, j'envisageais d'acheter une caravane, pour les vacances, à la Camif, les prix sont très avantageux.

*Elle n'ira plus en vacances avec la caravane de
la Camif, puisque je l'ai tuée. Oh, bien sûr la vie à
Altay n'est pas très joyeuse, nous sommes coincés
entre le collège et l'usine Citroën, mais il y a pire.
Notre petit confort aurait dû lui suffire, elle qui était
comme moi, originaire d'un milieu modeste, mais tant
pis, elle est bien punie, maintenant.*

*

Ah, oui, je me rappelle bien, ce soir-là, quand il a
commencé son journal. Il disait son journal, mais
comme il avait tout le temps les mains occupées avec
ses maquettes, toujours à rafistoler, à souder, à pein-
turlurer, il ne pouvait pas écrire, alors il parlait.

Et ce soir-là, quand il disait qu'il avait tué Irène et
que les économies de la Camif pour la caravane
pourraient servir à racheter des tas de locos, il était
très absorbé à monter une petite église en plastique,
avec son tube de colle. Il mettait une espèce de gros
truc sur l'œil, comme les horlogers, et ça lui faisait
une drôle de tête que j'aimais pas beaucoup.

Il faisait bien attention de parler lentement, au début,
et après, quand ça s'est corsé, il est devenu moins ordonné.

*

*De ma classe, je vois le bureau qu'occupait Irène,
avant que je la tue, pour la punir. J'ai mis des ran-
gées de plantes vertes sur le rebord du muret, et un
de mes élèves est spécialement responsable de mettre*

50

de l'eau. J'ai un responsable pour tout : Ahmed pour les plantes, Frédéric pour la craie, Julien qui essuie le tableau, Pédro qui ramasse les cahiers, et Youssef qui va porter le courrier ou les circulaires administratives au Principal. Derrière les fenêtres, je vois la cour. Le ciment est tout bosselé, et les arbustes n'en peuvent plus. Le bureau du rez-de-chaussée, avec les rideaux bleus, c'est la salle de documentation, celle d'Irène. De ma classe, je pouvais voir le pion de la cantine, et le surgé lui faire des visites. Elle est punie, aujourd'hui.

Elle voulait que je devienne inspecteur. C'est elle qui m'a poussé à passer le concours interne. J'ai échoué à trois reprises. Il y a longtemps que j'ai arrêté les études, et je me retrouvais dans les épreuves avec des jeunes sortant de la faculté. Sans compter que la pédagogie a beaucoup évolué, et, même si Irène me faisait lire des livres sur Summerhill, je ne pouvais pas m'accrocher indéfiniment. Les devoirs de psychologie : voilà le plus pénible. On s'occupe plus de ce qui est censé agiter la tête des enfants que de leur donner des bases solides : grammaire, calcul. Irène se moquait de moi, de ma blouse, de mes cahiers, avec trois carreaux de marge, on souligne la date en bleu, et le titre de la leçon en vert… n'empêche, ça a fait ses preuves. Et puis je ne me vois pas Inspecteur. Bien sûr, le salaire, je ne cracherais pas dessus. Mais depuis qu'on m'a attribué le logement de fonction, tout va mieux.

Les fenêtres donnent d'un côté sur le collège, les bâtiments des ateliers, et de l'autre, après la pelouse, sur l'usine Citroën. Et ça ne lui suffisait pas, à Irène.

Alors j'ai dû la punir. Trois petites pièces, pour nous deux, c'était bien suffisant, pourtant. Oh, ça ne valait pas le pavillon de l'Inspecteur, en plein cœur d'Altay I, mais quand même, pourquoi tout le temps des goûts de luxe?

Elle pouvait comparer, ne serait-ce qu'avec les gens travaillant à l'usine. Pas les ouvriers, je ne dis pas, ce serait exagéré, mais les contremaîtres, les agents de maîtrise. Il y en a plusieurs qui habitent notre immeuble. Eh bien, moi, j'ai la sécurité de l'emploi, les vacances, je suis bien défendu par le syndicat, sans compter les autres avantages: la Camif, la mutuelle, les comptes d'épargne populaire... J'avais ouvert une retraite complémentaire, à nos deux noms, eh bien voilà, elle est punie, puisqu'il n'y a que moi qui en profiterai, maintenant.

Au début, elle était gentille, jamais je ne l'aurais punie, puis tout s'est gâté, au bout de quatre ans. Elle avait la folie des grandeurs, que je gagne des sous, que je commande à tout le monde...

Ce n'était pas mon but dans la vie. Je me contente de peu, je suis modeste. Alors elle se vengeait. Comment? Eh bien, nous faisions chambre à part... Elle était bien contente de la trouver, la Camif, quand il a fallu aménager une deuxième chambre; ça en a coûté, des sous. Heureusement, j'avais fait des heures d'études, plus que d'habitude, mais tout y est passé. Et elle voulait des vêtements, toujours plus. Au lieu de jeter un coup d'œil dans le catalogue de la Camif, c'est quand même moins cher, elle allait à Paris, dépenser, et encore dépenser. Il ne me restait plus rien pour mes trains, et j'étais obligé de donner des cours particuliers. Et plus elle dépensait, plus je devais travailler – faire l'étude, la cantine, le samedi après-midi les cours particuliers, pendant les vacances les centres aérés – moins j'avais de temps à consacrer à la préparation du concours d'Inspecteur, ce qui prouve bien que quelque chose ne tournait pas rond dans sa tête, sinon, elle aurait moins dépensé. Parce que, elle, elle ne faisait pas la cantine, ni rien, elle n'était pas fatiguée par les gosses qui hurlent sans arrêt. Toute seule, bien tranquille dans sa salle de documentation à roucouler avec les pions, la garce, j'ai bien fait de la punir. Personne ne s'est aperçu de rien, ne me demande rien. Elle est «partie», je leur dis qu'elle est retournée dans sa famille.

J'ai revendu son lit, sa commode, et son appareil à faire de la gymnastique, un vélo sans roue qui avait encore coûté une petite fortune. J'ai mis l'argent sur mon compte d'épargne: à Pâques de l'année prochaine, ce coup-ci, je ne vais pas rater le Salon international du modélisme, à Stuttgart.

*

Gabelou était allé visiter la classe du Coupable. Il avait vu les plantes grasses un peu anémiques, les photos scotchées sur les murs, toutes extraites de la *Vie du rail*: des paysages verdoyants où fonçaient des trains «corail», des coupes de moteur, des motrices rutilantes… Les cahiers des enfants étaient soigneusement empilés, protégés par des plastiques de couleurs différentes, suivant la matière. Gabelou en avait

53

parcouru quelques-uns, annotés par le Coupable. Son écriture était fine et droite, il n'utilisait qu'un porte-plume, et, sur le bureau, trônait la grosse bouteille d'encre rouge Waterman. Le Coupable traçait des pleins et des déliés, grondant ses élèves ou les félicitant quand ils avaient réussi. La blouse grise était suspendue au portemanteau, les poches pleines de morceaux de craie blanche. Dans les tiroirs du bureau, on trouvait le registre d'appel rigoureusement tenu, des objets confisqués – pistolets à eau, bandes dessinées, canifs – ainsi que des fournitures scolaires. Près de la porte, à côté de l'emploi du temps, un calendrier de la SNCF: à la date de Pâques, dans la marge, le Coupable avait tracé une croix rouge, et inscrit «Stuttgart», en grosses lettres gothiques.

Gabelou s'était promené dans la cour du collège, nostalgique. Ce collège-là ne ressemblait en rien à celui de son enfance, une lourde bâtisse de pierre, cerclée d'arcades, avec une verrière, des marronniers, une grosse cloche pour annoncer les récréations… Là, on comptait deux bâtiments, disposés pour former un T. Ce n'était que saloperie de tubulures métalliques hachurant des alignements de vitres sales ; une grille faisait le tour de la cour, et, près de la loge du concierge, une sculpture anémique de béton armé, représentant un gros poisson, n'en finissait plus d'agoniser en silence, la bouche grande ouverte…

Gabelou avait secoué la tête, en songeant que ce n'était pas avec une horreur pareille que les gosses, une fois adultes, pourraient sombrer dans des nostalgies d'enfance…

Les bâtiments de la cité faisaient face au collège.

Couverts d'affiches syndicales qui protestaient contre les licenciements de l'usine Citroën, ils étaient tous semblables, alternativement crépis d'ocre ou de bleu.

*

Oh, bien sûr, ça n'a l'air de rien. Mais c'est une grande responsabilité, les enfants. Irène n'a jamais compris ça. Elle passait son temps à faire des photocopies pour le Principal ou à commander des fournitures.

Surtout aujourd'hui, c'est de plus en plus difficile, ils se droguent à quatorze ans, on se demande où ça va finir. Ils mettent de la colle dans un sac de Carrefour, et ils respirent ça. Après, vous pouvez toujours leur demander 8 fois 8… Ils ne comprennent pas cet aspect des choses, ceux qui font passer le concours d'inspecteur. À Summerhill, on ne doit jamais avoir vu de tube de colle. Ils ne font que de la théorie, et moi, je suis un praticien. J'ai commencé avec une classe de quarante-cinq gamins, alors bien sûr, on ne faisait pas le détail…

Irène voyait ça comme une intellectuelle. C'est l'Inspecteur qui lui montait la tête. Avec ses conférences pédagogiques. C'est elle qui préparait le compte rendu, elle savourait tous les grands mots ronflants, et croyait que je n'étais pas capable d'en faire autant, ou même de comprendre.

Et à la maison, elle ne s'occupait de rien. Je devais repasser mes chemises tout seul, porter mes costumes au pressing, alors que madame était à sa gym tonic, *à sa danse ou à sa poterie, au centre culturel. Et je préfère ne pas imaginer ce que ça devait donner, avec le moniteur barbu que j'ai rencontré une fois, pour la fête du modèle réduit, à la Maison pour Tous... L'Inspecteur, le pion de la cantine, et le bureaucrate de l'Académie, j'en suis certain, mais le barbu, je ne donnerais pas ma main à couper. Et moi, tintin. Elle fermait la porte de la salle de bains, quand elle prenait une douche, et, si par hasard j'entrais au mauvais moment dans sa chambre, elle disait que je devais frapper!*

Quand on écoutera ces confessions, si on les écoute un jour, on comprendra que j'ai agi en conscience, qu'elle méritait le châtiment. Maintenant, ce soir, je vais me coucher, parce que je suis très fatigué, et demain, c'est la journée des compositions. Bonne nuit, mon Vieux Léon...

*

Moi qu'est-ce que vous voulez, ça me fait de la peine, de l'entendre comme ça. Et de voir Gabelou qui tripote les locomotives avec ses gros doigts – tout à l'heure, il en a fait tomber une par terre – ça me met en colère, mais je ne le fais pas sentir. Ah, lui, le Coupable, il fallait le voir, avec ses trains : ses yeux qui brillaient quand ça roulait, quand la micheline passait l'aiguillage, quand le TGV filait dans le canyon, vers ma chambre, il était comme un gosse, et ça, Gabelou n'a pas l'air de comprendre.

J'étais content, il riait comme un petit fou, de temps en temps, je jetais un coup d'œil vers la cuisine, vers le congélateur où il avait casé la mégère, et il me donnait une grande claque dans le dos en me disant : te fais pas de mouron, Léon, elle nous emmerdera plus!

Et c'est venu petit à petit. Un sac, puis un autre, une bouteille vide, un mégot. Il mettait tout ça dans la cuisine. Sur la table, ou par terre, sur le carrelage. C'étaient des sacs bleus, avec une petite ficelle pour faire un nœud. Quand il y avait trop de fouillis, il prenait la pelle, le balai, et il remplissait un sac. Au bout de quinze jours, le congélateur, on le voyait plus, il y avait trop de sacs, autour. Une petite montagne toute bleue. Après, il a dû y avoir quelque chose à Carrefour, les sacs bleus, ils en avaient plus, c'était des rouges. Du coup, ça égayait, c'était moins monotone.

De toute façon, à cette époque-là, ça m'a pas trop inquiété parce que c'était le début de la grève à Citroën et ça commençait à drôlement chauffer partout, je faisais attention de pas trop traîner dans la rue, à mon âge, on a vite pris un mauvais coup. Et avec la grève des voitures à Citroën, les éboueurs ont croisé les bras aussi, dans les rues, il y avait plein de tas de sacs bleus et rouges, comme chez nous. Des voyous y mettaient le feu, de temps en temps, on voyait des nuages de fumée toute noire, ça prenait à la gorge.

Un matin, le 15 mai, j'ai bien failli me faire avoir dans la rue, parce que ceux de Citroën faisaient une manif, et les flics sont venus dans la cité. Les gamins leur jetaient des sacs d'ordures, ils étaient beaux à voir, tiens, avec des coquilles d'œufs sur la tête et du marc de café plein les épaules.

Mais ça pouvait pas durer trop longtemps, et les

éboueurs ont tout ramassé, seulement voilà, lui, le Coupable, il entassait encore de nouveaux sacs contre la montagne de la cuisine, et du coup, il aurait fallu être devin pour savoir qu'il y avait un congélateur avec une garce dedans, derrière tous ces sacs bleus et rouges.

Un jour que je regardais les sacs, inquiet, parce que je savais bien qu'on aurait des ennuis, tous les deux, à force, il m'a dit : allez Léon, on n'y pense plus. Et il a fermé la porte de la cuisine, en clouant des planches dessus. T'es content comme ça, Léon ? C'était déjà ça, on ne voyait plus rien. Il a construit un petit pont en plastique, pour le circuit américain, en parlant à son magnétophone, mais moi, je suis allé me coucher dans ma chambre, fatigué ; j'avais passé toute la journée autour de Citroën, à regarder l'animation, et à mon âge, on récupère pas bien vite.

Le lendemain soir, il a mis un nouveau sac, un rouge, devant la porte clouée, en haussant les épaules.

*

... l'important, mon Vieux Léon, c'est de rester propre. Voilà ma morale, à moi. Je sais que ça peut porter à sourire, mais rira bien qui rira le dernier. On n'en fait plus, des leçons de morale, à l'école, évidemment. C'est démodé. Peut-être que nous sommes démodés, nous deux, Vieux Léon ?

Rester propre, c'est-à-dire ne rien devoir à personne, ne pas avoir de compte à rendre, à qui que ce soit, pouvoir marcher la tête haute, à la face du monde, fier de soi, de sa vie, même si c'est une petite vie rangée.

Et ce n'est pas si facile à mener, une vie, ça tire à droite et à gauche, ça vous secoue, ça se cabre, la vie, ça renâcle, ça ne veut pas aller où on voudrait, ça résiste. Rester propre, c'est ne pas avoir besoin des autres, ne rien quémander, subvenir soi-même à ses besoins… Moi, même quand je serai vieux, personne ne pourra rien me reprocher, j'ai cotisé à la caisse de retraite complémentaire, j'aurai mes économies.

Toi, Léon, oh, je ne te reproche rien, tu as mené une existence de patachon, mais c'était différent. Et j'accepte de te secourir, parce que je suis bon. Mais mon Irène, c'était du gâchis, on croque la pomme, deux bouchées, et on la jette, sans se demander le prix de la pomme. Ce n'est pas pour les pommes que je dis ça, c'est une image.

Il faut être propre, net, ne pas provoquer l'envie, mais ne pas y céder, voilà ma ligne de conduite. Regarde-moi, je vais faire ma classe, est-ce que j'ai besoin de porter un costume? Non, puisque de toute façon, je mets une blouse, à cause de la poussière de la craie, et de l'encre, aussi. Eh bien, malgré tout, j'ai toujours des vêtements impeccables, on ne peut pas m'accuser de négligence.

Ce n'est pas comme le pion de la cantine, on dirait un clochard, celui-là, ce n'est pas parce que l'on est étudiant qu'on doit se laisser aller.

Et mon costume, il n'est pas d'aussi bonne qualité que celui de l'Inspecteur, peut-être, il n'est pas très à la mode, mais je te jure, Léon, qu'il est mieux repassé, et jamais je ne mets la même chemise deux jours de suite. C'est ma dignité, je suis peut-être très bas dans l'échelle, mais je suis impeccable. On ne m'a jamais vu boire plus qu'un petit verre, on n'a jamais eu le moindre reproche à m'adresser, et la preuve en est que je suis très bien noté.

Au pot de Noël, il en tenait une bonne, l'Inspecteur. Môssieu l'Inspecteur! Ah oui, ça se donne de grands airs, ça prend des mines de gens supérieurs, et total, ça se montre soûl en public, c'est du joli. Et Irène gobait tout ça, sans avoir honte. Comme si la vie qu'elle menait avec moi ne lui avait rien apporté.

Et si tu veux savoir, les enfants le sentent, ils me respectent à cause de ça. Je n'ai jamais de chahut, tout le monde m'aime bien, et quand je vois les jeunes avec leur pédagogie moderne, qui ont toujours du bruit dans leur classe, ça me fait bien rigoler, mais je ne dis rien, puisque l'Inspecteur trouve ça très convenable. Tout part à vau-l'eau, mon pauvre Léon, je sens que tout s'effiloche, mais il faut résister…

Gabelou somnolait à demi, en écoutant la bande. Il se leva de son fauteuil, s'étira et sortit dans le couloir chercher un autre café. Léon s'était assoupi ; dans le sommeil, il paraissait encore plus vieux. Gabelou prit une couverture qui traînait sur un classeur et en couvrit Léon, qui tressauta sans toutefois s'éveiller.

Tout était là, sur le bureau, les modèles réduits, les cassettes, la hache, et Gabelou en avait par-dessus la tête. Il suffisait d'appuyer sur une touche pour entendre cette voix raconter son enfer, tout était si simple, carré, «net et propre» comme aurait dit le Coupable, tout s'imbriquait.

À quoi bon lui en coller d'autres sur le dos, à ce pauvre type? On en savait assez pour lui faire terminer sa vie dans une prison, ou peut-être dans un département de psychiatrie un peu musclé, alors pourquoi fouiller dans les ordures?

Mais tout le monde voulait savoir, en avoir le cœur net, l'Emmerdeur en premier lieu, avec la Compagnie sur ses talons, la Compagnie et son fric qu'elle ne se résignait pas à lâcher. Gabelou était près de céder à l'écœurement, à la pitié et à sa propre fatigue.

Il téléphona à la salle Cusco, à l'Hôtel-Dieu. Mais la ligne était encombrée, il ne put obtenir de réponse. Alors il se décida à sortir. Il réveilla le planton de garde, avachi sur une chaise au coin du couloir, et lui recommanda d'ouvrir l'œil sur le Vieux Léon. Celui-là, il ne savait pas, mais alors pas du tout, ce qu'on allait en faire.

Gabelou descendit les étages, son manteau jeté sur les épaules ; il quitta les Orfèvres, traversa le pont. Dans la nuit neigeuse, la lourde silhouette de Notre-Dame se dressait, incongrue, hérissée de ses gargouilles. Gabelou frissonna.

À l'entrée de l'Hôtel-Dieu, un fourgon de Police-Secours attendait, le gyrophare lançait ses éclairs bleutés, illuminant les flocons de neige par intermittence. La barrière des urgences s'ouvrit enfin, et le car disparut. Gabelou pénétra à son tour dans l'hôpital, saluant au passage les infirmiers de garde. On s'affairait autour d'une civière. Des ombres vêtues de blanc sillonnaient les couloirs sous l'œil indifférent du néon des veilleuses. Un ou deux malades insomniaques erraient, d'un pas lent, emmitouflés dans leur robe de chambre.

Gabelou se présenta à l'entrée de la salle Cusco.

Le Coupable était passé au bloc opératoire dans l'après-midi et, jusqu'à présent, ne s'était pas réveillé de l'anesthésie. Deux flics en civil discutaient en compagnie des plantons qui gardaient la salle, mitraillette en bandoulière. La veille, deux braqueurs s'étaient fait surprendre devant une succursale de la BNP, et ils avaient passé un sale quart d'heure. Eux aussi s'étaient retrouvés sur le billard ; on les avait délestés des balles tirées lors de la fusillade.

Le Coupable était tout au fond de la salle, dans un petit box. Des perfusions lui pénétraient la saignée des coudes, et il avait sur le nez, enfoncés dans les narines, des tubes à oxygène.

Il était méconnaissable, ainsi grimé. Gabelou avait vu des photos, dans le dossier. C'était un type au visage un peu mou, sans barbe ni moustache, et au front dégarni, déjà, malgré ses trente-cinq ans. Chez lui, on avait retrouvé, dans le fouillis, des capsules de produits censés lutter contre la chute des cheveux…

Il respirait lentement, allongé sur le dos, les bras le long du corps. L'interne de garde vint voir Gabelou. Il n'y avait rien de nouveau, le cœur tenait bon, mais pour le reste, on ne pouvait pas savoir.

Gabelou soupira en songeant qu'il suffisait peut-être de tirer un coup sec sur les tuyaux pour avoir la paix. Au bout du compte, vie foutue pour vie foutue… Et au moins, tout serait réglé ! Mais on ne fait pas des choses pareilles, ou alors, exceptionnellement…

L'un des deux braqueurs de la BNP venait tout juste de s'éveiller et commençait à râler. C'était insupportable. Gabelou remercia l'interne et quitta la salle Cusco.

Sur le parvis de l'hôpital, il hésita, se demandant s'il pouvait rentrer chez lui, laisser le Vieux Léon tout seul, là-haut.

D'un pas lourd, il revint vers la bâtisse du quai des Orfèvres. Léon n'était plus dans le bureau.

LE PALAIS

Gabelou courut jusqu'au bout du couloir, et heurta de plein fouet le planton.

— Où est Léon? hurla-t-il.

— Léon? bredouilla le planton, il a demandé à pisser, alors je l'ai accompagné, mais il est revenu dans votre bureau, après!

Gabelou agrippa le type et ils coururent tous deux jusque dans la cour.

— Bon, dit Gabelou, ça fait moins de cinq minutes, il ne doit pas être loin, il ne marche pas vite. Allez, on cherche!

Il rameuta deux autres gardiens, en les prévenant que s'ils ne retrouvaient pas Léon, il y aurait de la mutation vers la lointaine banlieue dans l'air...

Ils se dispersèrent, en étoile, vers le Palais de Justice, la place Dauphine, Notre-Dame. Gabelou, lui, s'était élancé sur le pont, en direction de la place Saint-Michel.

Il était près de 3 heures du matin, et les passants n'affluaient pas. Une bande de clochards, affalés sur les grilles d'aération du métro, devant Gibert-Jeune, saluèrent Gabelou à grand renfort de refrains paillards. Ils devaient avoir touché le gros lot, à en juger par l'orgie de bouteilles de mauvais vin qui gisaient auprès d'eux. La neige tombait drue, recouvrant le trottoir, les voitures en stationnement. Gabelou dérapait sur ses semelles glissantes.

— C'est trop con, pensait-il, il suffit qu'il cavale dans une rue que je ne vois pas, et il va disparaître…

Des fêtards surgirent sur le boulevard, l'un d'eux jouait de la trompette, un autre soufflait dans un saxo. Ils devaient sortir d'un club de jazz, et buvaient du champagne à la bouteille, tétant le goulot à tour de rôle. Une femme très éméchée, en robe de lamé noir et hauts talons, glissa juste devant Gabelou et faillit s'étaler de tout son long sur une rangée de poubelles alignées contre la devanture d'une gargote grecque. Mais le commissaire détourna la tête, se haussa sur la pointe des pieds pour apercevoir l'enfilade de la rue de la Huchette. Léon n'y était pas. Peut-être se terrait-il dans le renfoncement d'une porte cochère… Ou bien courait-il sur le boulevard, plus haut, vers Cluny?

La fêtarde ivre se redressa en protestant contre le manque de prévenance de Gabelou; des insultes fusèrent. Gabelou leur fit un bras d'honneur, à elle et à ses compagnons, et les bouscula pour descendre la rue Saint-Séverin. Au hasard. Mais il n'y avait pas de Léon en vue. Alors, d'un pas lent, il revint vers les quais, face à Notre-Dame. Au loin, il aperçut son planton, celui qui était responsable de l'évasion de Léon, là-bas, de l'autre côté du pont. Le type avançait en tapant fort des pieds, afin de lutter contre le froid. Ils se rejoignirent sur le parvis de la cathédrale, et, brusquement, en réprimant une quinte de toux, le gardien désigna du doigt le square qui borde Notre-Dame. La silhouette du Vieux Léon filait dans la nuit ourlée de blanc, bondissant de bosquet en bosquet.

— Nom de Dieu… souffla Gabelou.

Déjà il enjambait la rambarde et courait silencieusement à la poursuite de Léon, qui l'aperçut enfin alors qu'il atteignait l'autre extrémité du square.

— Fais pas le con, Léon! cria Gabelou. De toute façon, je vais te rattraper… Arrête-toi là! Hein? Où tu vas aller? Fais pas le con, bouge plus…

Gabelou l'avait presque rejoint, et ils se dévisageaient, à deux pas l'un de l'autre. Je ne vais quand même pas sortir mon flingue, songea Gabelou, c'est ridicule… Le pauvre vieux! Léon tourna la tête, pour juger de la distance le séparant du carrefour, des ruelles de l'île Saint-Louis. Il apprécia la hauteur du parapet puis se décida à capituler. Il avança vers Gabelou.

Il y avait une borne d'appel toute proche, et moins de cinq minutes plus tard, un car de Police-Secours venait les chercher. Gabelou aida Léon à monter, puis, arrivé au Quai, il le reconduisit dans son bureau.

Sans un geste de protestation, avec une lassitude infinie, Léon reprit sa place, s'asseyant dans le fauteuil. Il se remit à dévisager Gabelou de son regard inexpressif, à tel point que l'on pouvait se demander s'il se sentait concerné par tout cela. Oui, sans doute, puisqu'il avait tenté de s'évader. Gabelou l'engueula:

— Recommence plus, Léon, ou ça va chauffer! On

te dit de rester là, et tu restes là, t'entends? C'est moi qui décide. Bon. Je suis allé le voir, à l'hôpital. Il ne va pas très bien. Je t'emmènerai demain, si tu veux, tu pourras lui dire bonjour. Mais ne cherche pas à filer. J'ai besoin de toi, moi…

*

Et voilà, je me suis fait de nouveau coincer. Oh, il n'a pas à en tirer de la gloire, le Gabelou. C'est plus à mon âge, avec mes douleurs dans les reins, que j'aurais pu faire la course. Et puis il neigeait et ça glissait drôlement par terre, sans compter que j'étais perdu, moi, dans ce quartier. J'ai jamais fréquenté ces coins-là. Et je le voyais déjà sortir son pétard, le Gabelou, me mettre en joue, oh, c'est pas que ma vieille carcasse mérite d'être ménagée, mais de là à se faire tirer dessus, merci bien. À Altay, je me suis fait canarder, une fois, par les copains de Gabelou, ceux qui se mettent tout en bleu avec des casques et des boucliers, des fusils et des matraques. C'était pendant les grèves à l'usine de voitures, et tous les gars étaient dans les rues, à crier et tout d'un coup, ça a valsé, les boulons, les pavés, et les autres, ils n'ont pas attendu la fin de la pluie, pan, ils ont donné leur fumée qui fait pleurer. Moi, je regardais tout ça, d'un peu plus loin, et j'ai reçu une boîte de conserve avec du gaz dedans. J'ai filé aussi vite que j'ai pu, mais je ne pouvais pas rentrer chez nous parce que le Coupable fermait à clé. J'étais coincé. Alors je suis allé devant les fenêtres de sa classe, au collège, et il m'a vu. Il est sorti, avec sa blouse, en abandonnant ses garnements pour venir m'ouvrir. J'avais eu chaud. Du coup, les autres manifs, après, je les regardais de derrière la fenêtre, bien à l'abri.

Alors je sais ce que c'est, de se faire tirer dessus, et même si Gabelou n'est pas le mauvais bougre, allez donc savoir ce qui peut passer dans la tête des gens. Il m'aurait rectifié, comme ça, au petit matin, dans la neige, et personne ne serait venu se plaindre. On m'aurait jeté dans un trou, ni vu ni connu, oublié, Léon. Même, Gabelou aurait pu dire que je lui avais sauté dessus, que j'étais un vrai enragé ; il faut se méfier.

Donc je me suis rendu, et je n'ai pas honte. Dans ma vie, j'ai toujours eu à courber la tête. Et voilà que j'apprends que ce pauvre Coupable est toujours dans son lit d'hôpital, tout seul, malheureux…

Ah, pourtant, il n'a plus de soucis à se faire, tout est réglé. À la maison, ils ont tout déménagé, il leur a fallu du temps. C'est des petits jeunes, il paraît, qui vont venir s'installer chez nous.

Parce que le Coupable, il n'aura plus besoin d'appartement, Gabelou va lui en dégotter un tout chaud. Nourri, logé, peut-être qu'il y aura une petite place pour moi?

Et si Gabelou trouve encore des preuves, pour la Vieille, le Commis-Boucher et le Gamin, on dira que le Coupable est un super-coupable, moi un super-complice, et on aura droit à un traitement de faveur? Alors, il faut peut-être avouer, en bloc, leur dire mais oui, c'est nous, on est des salauds, des pires-que-tout, crac, foutez-nous dedans! Puisque le Visiteur, apparemment, ça ne suffit pas…

Pourtant, il leur raconte tout, dans ses bandes, le

Coupable. Gabelou, c'est un scrupuleux. Il veut du concret. Doit avoir des origines de la campagne, cet homme-là.

*

Oui, Gabelou a de grosses mains de paysan. Il n'a pas travaillé la terre longtemps, seulement durant les années de sa jeunesse, avant de venir s'installer à Paris. Mais, de cette époque, il a conservé la démarche pesante, les gestes économes, le silence têtu. Et les mains: épaisses, solides, velues, creusées de cicatrices, de gerçures. Quand il retourne chez lui, au pied du Ventoux, il travaille à retaper la maison familiale et s'écorche en entassant les pierres qui servent à construire les murets jalonnant ses terres. Les doigts sont trapus, l'ongle est large et ce n'est pas ce type de main qui est requis pour manier le papier-pelure ultra-fin des archives de la PJ.

Gabelou a ouvert le dossier de la Vieille, il s'énerve à séparer les feuillets où sont consignés les témoignages, se salit en tripotant les doubles de carbone.

Le dossier n'est pas très épais. Il y a une photographie de la victime, morte le 5 octobre. Un compte rendu d'autopsie, plus quelques ragots recueillis auprès des voisins, concernant ses rapports avec l'entourage. La première pièce, cependant, n'est autre que le rapport laborieusement tapé – si l'on en juge par les fautes de frappe et d'orthographe qui émaillent consciencieusement le texte – par le brigadier Dufour, en poste au commissariat d'Altay-II:

72

Dufour Jean Gabriel. Brigadier. Mle 67 843.

XXX — constatons que ce présentent devant nous ce jour Latros Emilio néx le 18/7/34 à Sétubal (portugal) lequel, ne parlant français qu'imparfaitement déclare être gardien de bloc à la cité dite des Lilas Bleus.

— le susnommé nous dit alors avoir accomplit à la demande d'une habitante de l'immeuble n° 12 rue de la Libération Madame (veuve) Louisette Mulier une inspection dans l'appartement de Mademe Petit Mélanie habitant au 12 mais n'étant pas venue au club du troisième age de la maison pour tous ce, deouis trois jours.

11ᵐᵉ BT. — le susnommé nous dit alors avoir découvert le corps de Madame Petit Mélanie dans la chaxmbre, et aussi tot averti les pompiers.
— nous nous sommes alors rendu sur place pour constater le décès de Petit Mélanie, par suite d'un suicide par le moyen du gaz. D'autres voisins confirment avoir appelé EDF pour des odeurs dans l'immeuble, mais sans réponse jusqu'à la découverte du corps.
— avons alors transmis le dossier à Mr le Commissaire après avoir mis sous garde l'entrée de l'apprtement de Mme Patit.

Dufour Jean Gabriel.

Gabelou savait que le dossier n'était pas remonté jusqu'au commissaire, et que, probablement, le brigadier avait lui-même délivré le permis d'inhumer. La photo de la Vieille était récente ; la «Maison pour tous» d'Altay-II avait organisé un banquet du troisième âge au cours duquel la veuve gazophile s'était fait tirer un portrait, d'ailleurs paru dans la gazette municipale. Deux ou trois relevés bancaires agrafés à la photo montraient que la petite vieille, sans pour autant rouler sur l'or, n'avait pas d'inquiétude à nourrir quant à ses moyens de subsistance. La pension de son veuf, plus sa retraite de surveillante aux Galeries Lafayette pourvoyaient largement à ses maigres besoins, ainsi qu'avait pu le confirmer le neveu de Mme Petit, seul membre de la famille encore en vie.

Gabelou relut le compte rendu d'examen pratiqué par le médecin, appelé par le brigadier Dufour. Il se bornait à constater la mort à la suite d'inhalation de gaz de ville, et précisait par ailleurs que la suicidée était en assez bonne santé.

Ensuite, après le cirque provoqué par l'Emmerdeur, Gabelou s'était décidé à faire pratiquer une autopsie, et il y eut une scène semblable à celle de l'exhumation du cercueil du Gamin. Il ne fut cependant pas nécessaire de se déplacer trop loin, Mme Petit dormant sous une solide pierre tombale du cimetière de Thiais.

On avait bien fait les choses, ouvrant à l'envi, charcutant sans vergogne, sans rien trouver d'autre que des poumons aux alvéoles saccagées par le gaz. Pas de traces de coups, aucune marque pouvant évoquer une lutte.

Et pourtant, le Coupable n'en finissait plus de ricaner, sur cette bande, la n° 12, que Gabelou mit en route. Ce qui réveilla Léon, profondément endormi et ronflant calmement.

*

Ah Léon, Léon, Léon… Elle a bien failli nous avoir, la carne, la pourriture, la charogne. Mais on l'a eue, on l'a eue, on est les plus forts, mon pote! Elle ne m'a jamais plu, d'abord. Même du temps d'Irène, elle me jetait un sale œil. Peut-être que c'était une sorcière? Tu vois ça, si elle avait des poupées avec des aiguilles enfoncées dedans pour la magie noire… Et le soir, elle s'envolait sur son balai, au-dessus de l'usine Citroën, ça secouait ses vieilles jupes, on voyait ses cannes pleines de varices. Tu me crois pas, Léon? T'as raison, je dis ça pour rire. Il faut bien s'amuser un peu? La vie, après tout, ce n'est pas la tristesse, c'est la joie. Vois, nous deux, depuis qu'on a refroidi la poison, l'Irène, comme on est tranquilles. À la tienne Étienne, à la tienne Léon, à la tienne, mon vieux, sans ces garces de femmes nous serions tous des frères… Tu connais la chanson. N'empêche, la Veuve Petit, elle était surveillante au rayon épicerie fine des Galeries Lafayette: allez Léon, on chante: L'épicière, l'épicière est une sorcière.

Je l'ai vue, je l'ai vue,
à cheval sur son balai. Attends, Léon, attends…

Sur la bande surgissaient soudain des bruits divers, et bientôt la voix de Charles Trénet retentit dans la pièce, chantant «l'épicière» tandis que le Coupable continuait à converser avec Léon.

Filant droit au rendez-vous, où le Diable,
je vous l'avoue, l'attendait!
Ouais, Léon, le Diable, tu te souviens de ses yeux jaunes, de ses mains crochues, à la Vieille?

… Il y avait au fond d'un gouffre
des morts brûlant dans du soufre…
… jamais plus elle ne nous épiera, la diablesse…
C'était une copine d'Irène, évidemment. Elle est
venue prendre le thé, deux ou trois fois. Irène lui a
même donné des petits travaux de couture. Elle a tri-
poté mes chemises avec ses vieux ongles crasseux, ah
ah, Léon, et si ça se trouve, avec ces ongles-là, elle
fourrageait dans la crinière de Belzébuth. Allez,
Léon, fais pas cette tête-là, chante!
…Je l'ai vue dans un placard, en soutane et fichu
noir
Et tirant devant un bougeoir, une grosse langue!
Je l'ai vue par temps de bise,
quand elle rit au fond d'l'Eglise
quand elle grimpe en haut des tours,
elle comprend ce que lui disent
les vautours!
Oh, Léon, tu m'attristes, à bouder dans ton coin.
Elle est morte, je te dis, la Vieille… Tu aurais voulu
venir avec moi? C'est ça? mais c'était impossible
Léon, il fallait agir très discrètement. Déjà, quand je
suis sorti de chez elle, quelqu'un a failli me voir, une
autre mémé, la présidente du club des vieux. Elle m'a
regardé d'un drôle d'air. J'espère qu'elle n'ira pas
radoter. Heureusement, j'ai une excellente réputation!
Alors, si tu étais venu avec moi pour rectifier la charogne, on aurait fait du bruit, surtout toi, excuse-moi,
mais tu n'es pas très dégourdi. Et puis le gaz, ça te
fait peur, je le sais bien. Oh, elle ne s'est rendu compte
de rien.
Bonjour, Madame Petit… oui, c'est moi, je viens

vous apporter un pantalon, il faudrait me faire un ourlet. La vache, elle m'a demandé si ce n'était pas trop dur de vivre sans Irène. Si elle avait pu savoir, cette andouille, ce que j'en ai fait de la poison, avec qui il faisait «si bon vivre». Ah ah ah, oh, Léon, arrête de regarder tout le temps vers la cuisine. J'ai mis des clous, on ne peut pas ouvrir. Dans le congélateur, elle doit être comme une reine. Sa belle peau si douce doit s'être couverte de petits cristaux de glace: une parure de princesse! Ce qui est bien avec le congélateur, tu vois, Léon, c'est que ça conserve. Un jour, peut-être, j'aurai envie de la revoir? Oh, ça sera pas demain la veille, là, tu as raison. Mais ça me fait plaisir de savoir que je l'ai toujours à ma disposition. Tout intacte, d'un seul bloc.

Ah la mère Petit, avec sa vieille peau ridée, elle ne valait pas la peine que je me donne du mal, hein Léon? Et puis, il n'y a plus de place dans le congélateur, déjà, ça n'a pas été facile de caser Irène, j'ai dû forcer, je crois bien que je lui ai cassé une jambe. Ah non, en plus, il aurait fallu tout déblayer, autour de la cuisine. T'aurais voulu qu'on la garde, toi Léon?

Ah, tu veux savoir comment j'ai fait? Eh bien, je te dis, je lui ai monté une histoire d'ourlet de pantalon, et, une fois chez elle, allez donc, une baffe sur sa caboche, je l'attrape, je l'allonge sur son lit, je lui mets la photo de son mari entre les mains, et c'était fini, il n'y avait plus qu'à aller ouvrir le gaz.

> Pom pom pom sur son balai
> et le Diable, tout là-haut,
> l'attendait!

Ne crains rien, mon Vieux Léon… Elle n'a rien dit

77

à personne, je crois. Oh tu as l'air bien morose, ce soir. C'est parce que je fais l'andouille? Tu veux que je sois sérieux? Bon.

Oui, j'avoue, je me confesse, j'ai tué Mme Petit, pour qu'elle ne vienne plus mettre son sale nez chez moi. On ne peut plus être tranquille dans son foyer, alors, je me suis fait justice. Je suis allé chez la Petit, je l'ai assommée, et j'ai ouvert le robinet de gaz, en grand. Je suis coupable.

Mais si tout le monde faisait comme moi, ça irait mieux, la situation économique, parce que les vieux, qui les nourrit? La population active! Et moi par exemple, je cotise à une caisse de retraite complémentaire, pour n'être à la charge de personne, plus tard.

Ne sois pas triste, Léon, je ne dis pas ça pour toi. Toi, tu as travaillé toute ta vie, à la ferme, mais sans cotiser, personne ne s'est jamais occupé de toi. C'est mal fait. Et puis, tu n'es pas inutile, tu me rends beaucoup de petits services.

La Vieille, elle, non seulement se faisait nourrir par la population active, mais, en plus, elle bouffait les sous de la municipalité, toujours à gaspiller les subventions du club du troisième âge. Où est la morale, Léon, dans tout ça? Toi, pauvre vieillard sans ressources, sans foyer, et elle, l'Epicière, la Sorcière, cousue d'or, aux frais de la princesse. Où est la justice, Léon, je te le demande?

Tiens, tu vas m'aider, on va déblayer le Canyon. Admire un peu mon village! Douze maisons, avec les arbustes, le passage à niveau, la mairie. Il manque un peu de personnages, non? Samedi après-midi, *j'irai à Paris en acheter deux ou trois boîtes. Tu viendras avec moi. Allez, on pousse tout ça.*

Regarde-moi cette merveille. Avec les autres, ça fait une véritable petite ville, hein, Léon? Je vais clouer des planches, pour tenir les sacs bien droits, parce que sinon, ils vont finir par tomber sur les trains. Pousse-toi Léon, je lance l'express, ça file, ça file, magnifique! Attention! tu marches sur un rail, voilà, hop, il revient.

Fais-moi penser à acheter des clous, il faut étayer un peu dans le couloir, sinon, tout va s'effondrer. Et puis du sopalin aussi, je vais le marquer pour m'en souvenir, parce que ça suinte un peu le long du papier peint. Il ne faudrait pas que ça ronge le plâtre, quand même. J'essuierai tout ça demain...

*

Gabelou ouvrit une grosse chemise pleine de photos. Des clichés pris dans l'appartement du Coupable, avant que les services sanitaires ne nettoient tout. La ville de maquettes que le Coupable avait installée dans le Canyon était très belle. Un fouillis de ruelles de plastique, des petites voitures, des camions, et même un système d'éclairage composé de minuscules lampadaires. Tout cela était agencé autour de la gare: les trains s'y arrêtaient automatiquement, dirigés depuis le salon où le Coupable avait installé les transformateurs, le poste de commande régissant la circulation de ce réseau dont les ramifications s'étendaient à travers tout l'appartement.

Les lampadaires de la ville ne fonctionnaient plus.

Les sacs d'ordures suppuraient et l'un d'eux s'était fendu, déversant sur les fils un jus fétide qui avait rongé les gaines de protection.

L'une des photos cadrait tout le couloir – ce que le Coupable appelait pompeusement le «Canyon» – en enfilade. Il n'y avait plus qu'un tunnel d'une hauteur de soixante centimètres, sous lequel les trains filaient, et où Léon devait ramper pour gagner sa chambre. Le Coupable avait sans doute lui aussi emprunté ce boyau puisque le «réseau américain», dans la chambre de Léon, portait des traces de réparations très récentes. La paroi supérieure du tunnel était faite de planches, fixées au mur ou étayées sur une poutre courant contre le mur, tout le long du couloir. Au-dessus, jusqu'au plafond, s'entassaient les sacs. Sous le toit du tunnel, à distance régulière, des ampoules maintenaient un éclairage suffisant pour voir évoluer les trains. Là aussi, les derniers temps, des suintements s'étaient produits, provoquant de petits courts-circuits. Gabelou classa les photos puis revint au rapport d'autopsie concernant Mme Mélanie Petit.

— «Des traces de coups sont décelables sur le sommet du crâne, ou dans la région voisine. La partie supérieure du pariétal droit porte la marque d'un choc, mais il est impossible de préciser le degré d'antériorité – plusieurs jours ou quelques heures (voire minutes?) – de cette contusion par rapport au décès. Ces réserves sont à mettre au compte de la date fort tardive à laquelle l'autopsie a été pratiquée, et résultent de l'état de décomposition avancée du cadavre…»

— Eh ben, Léon, on est bien avancé, hein? Alors, d'après ce qu'il dit, il n'a pas voulu t'emmener chez la Vieille… Tu voulais y aller toi? Tu pourrais me l'avouer, ça n'aggraverait pas ton cas…

… fois chez elle, allez donc, une baffe sur sa ca-boche, je l'attrape, je l'allonge…

Gabelou rembobina la bande pour la faire se dé-vider encore une fois.

… une histoire d'ourlet de pantalon, et, une fois chez elle, allez donc, une baffe sur sa caboche, je l'at-trape, je l'allonge sur son lit, je lui mets la photo de son mari entre les mains…

Évidemment, songea Gabelou, c'était bien tentant. On ne pouvait rêver d'aveux plus ronflants, plus to-nitruants. Mais ça ne suffisait pas, malheureusement.

Gabelou jeta un coup d'œil sur les témoignages des copines de Mme Petit, toute la bande de retraités as-sidus des après-midi de la Maison pour Tous.

Il y en avait un plein dossier. C'était très répétitif, ces radotages, à croire qu'ils s'étaient réunis pour mettre un communiqué au point!

> *Question:* Mme Petit était-elle dépressive?
> *M. Jingrat (secrétaire du club):* Oh non! Y avait pas besoin de lui remonter le moral…
> *Question:* Pourtant, elle avait fait une tentative, dix ans plus tôt?
> *M. Jingrat:* Mais c'était oublié, tout ça… Du passé!
> *Question:* Selon vous, elle ne se serait pas

81

suicidée?

M. Jingrat: Ah non, c'est l'autre salaud qui a fait le coup, c'est certain!

Question: Votre avis sur le suicide de Mme Petit?

Mme Louisette Mulier: Suicide? Des histoires! Quand je ne l'ai plus vue au club, je suis allée prévenir le gardien du bloc, le Portugais, pour lui dire que ce n'était pas normal…

Question: Mais vous saviez qu'elle avait fait une autre tentative?

Mme Mulier: Oh mais c'est vieux, tout ça. C'était il y a dix ans. Elle n'aurait jamais recommencé, jamais ; c'est le fou, qui l'a tuée, c'est lui!

Tout ce petit monde se déchaînait en imprécations contre le Coupable. Mais on n'avait découvert le cadavre du Visiteur que très récemment. Et la mort de Mme Petit remontait à plus de trois ans. À cette époque, personne ne se doutait de rien, personne n'avait bronché en apprenant le suicide de la Vieille. Ce n'est que rétrospectivement que les habitants du quartier se mirent à se souvenir, trouvant, enfouis bien profond dans un repli douteux de leur mémoire, une anecdote, un détail, un rien destiné à charger un peu plus le Coupable. Comme toujours. Restaient les séquelles d'un traumatisme à la tête… Mais la Vieille pouvait fort bien s'être fait une bosse en se cognant dans un mur trois jours avant son «suicide».

*

Ah ça, parole de paysan, il faut se méfier des cancans, des on-dit, des mécréants qui jacassent, toujours prêts à s'exciter contre celui qu'est pas comme eux. J'en connais un rayon à ce propos, moi, Léon, qui ai toujours beaucoup souffert de la méchanceté des hommes.

Surtout que les vieux du club, il faudrait raconter comment il les cajolait, l'Emmerdeur. Il voulait les faire témoigner dans son sens, alors il leur soufflait les pires menteries dans l'oreille, à propos de nous. Soi-disant, Gabelou ne savait pas tout, on était des vrais diables, jamais on ne pourrait dire avec certitude combien de gens on avait tués, alors, au moins pour la Vieille, le Commis-Boucher et le Visiteur, fallait nous faire payer... À l'échafaud, à l'abattoir! Ils en bavaient de rage, les vieux du club. Et quand ils me voyaient traîner dans les parages (parce que Gabelou ne m'a pas fait coffrer tout de suite, il a d'abord dit que j'étais irresponsable), dans la cité, ils me lançaient des pierres en hurlant que j'étais maudit. Un pauvre vieux comme moi. Je leur ressemble, pourtant. On est tous aussi moches, quand on vieillit. C'est pas ceux qui ont des sous qui se retrouvent les plus beaux. D'accord, moi, je ne suis vraiment plus très présentable, mais il faut voir la vie que j'ai menée. J'étais pas confit dans le luxe, moi, j'y ai jamais été admis, au rayon épicerie fine des Galeries Lafayette.

Je traînais, je n'avais plus d'abri, et quelqu'un aurait bien fini par me faire un sort, alors Gabelou a dit à ses sbires: «Hop, embarquez Léon.»

Ce n'est pas parce que Gabelou a été correct envers moi que je vais l'aider dans son enquête, quand même. Je le laisse se débrouiller avec ses paperasses.

Et puis, la Vieille, je ne l'aimais pas beaucoup. Oh, ce n'était pas de la haine, mais prétendre qu'on était ami-ami, ce serait raconter des craques. Elle me regardait de haut, elle aussi. Avec sa bouche en cul de poule et ses ongles vernis. Je comprends qu'il se soit énervé, le Coupable. C'était une vraie provocation, cette vieille-là. Je la connaissais d'avant, quand le Coupable et moi on n'était pas encore copains. Elle a toujours vécu à Altay et je me rappelle bien sa tête, quand je faisais la manche dans la rue, pour avoir un peu à manger.

C'est pas elle qui m'aurait fait cadeau d'un quignon de pain, l'était bien trop radine. Quand je suis venu habiter chez le Coupable, forcément, on est devenus voisins. Nous on logeait au dernier étage, au cinquième, et elle, elle occupait l'appartement de gauche, au troisième...

Je la croisais dans l'escalier, elle ne m'a jamais dit bonjour, moi, je desserrais pas les dents! Une fois, je l'ai bousculée sans faire exprès, et elle m'a donné une volée de coups de canne en geignant que je lui avais réveillé sa douleur au genou – de l'arthrose – à la rudoyer comme un voleur! Non, je vous jure...

Enfin, bref. J'arrête de m'énerver contre elle, parce qu'on pourrait bien finir par croire que c'est de moi qu'est venue l'idée de la supprimer.

Eh bien pas du tout. C'est du Coupable. C'est lui qui a tout fait. Il le dit lui-même. Lui non plus ne la portait pas dans son cœur et ça datait du temps de la belle Irène, cette rancœur.

La Vieille était intriguée, elle ne voyait plus la mégère, la poison. La compagnie de la vipère lui manquait, sans doute. La vie de célibataire du Coupable, voilà qui était intéressant au plus haut point! Surtout depuis qu'il m'avait recruté comme acolyte! La Vieille s'imaginait peut-être tout un cinéma, dans sa caboche? Qu'on passait des nuits à faire la fête, qu'on ramenait des gueuses chez nous et qu'on les troussait hardi hardi, et ran et ran! C'est des idées qui peuvent germer dans la cervelle rabougrie d'une vieille chouette, ça. Le dimanche, je la voyais, du balcon, partir pour la messe, avec son petit chapeau couvert de raisins en bois et de feuilles d'églantine en tissu, son livre de prières sous le bras, sa démarche rapide, les fesses bien serrées, des fois qu'on allait lui mordre l'arrière-train!

Bref, nos rapports se détérioraient. À la fin, quand je la rencontrais dans l'escalier, pfoutt, j'envoyais un gros pet bien musclé, juste en passant devant elle. Elle me traitait de vieux dégueulasse, mais sa canne, je n'y ai eu droit qu'une seule fois, la première, et après, on peut me faire confiance, elle pouvait toujours l'agiter au bout de son bras, je savais l'éviter.

Donc, elle nous espionnait de derrière ses rideaux, quand on sortait se balader tous les deux, le Coupable et moi. Elle lui faisait quand même des sourires sucrés, mon bon monsieur par-ci, mon bon monsieur par-là…

Et elle est venue chez nous, un jour que le Coupable était absent… Il était allé à une réunion de son syndicat, pour soutenir les grévistes de l'usine Citroën. Forcément, il était très en retard. Chez nous, c'était déjà assez important, le problème. Les sacs s'étaient d'abord entassés devant la porte clouée de la cuisine, puis ils étaient remontés jusque dans le salon, on en avait mis plein ma chambre, en laissant une petite place pour que je puisse dormir, et pour que le train passe facilement. Et le Coupable avait commencé à construire le pont de bois, dans le Canyon. Ce qui lui avait coûté tout un samedi et tout un dimanche d'efforts à grosses gouttes. Moi, à ce moment-là, j'étais un peu patraque et j'ai dû dormir pour récupérer. Le Coupable était très inquiet, car il craignait que la boîte de conserve pleine de gaz que j'avais reçue sur la tête pendant la manifestation n'ait causé des dégâts chez moi. Et le dimanche soir, quand le pont a été terminé, on a fait un petit gueuleton pour fêter ça. Ensuite, on a monté toute une montagne de sacs bleus et rouges, jusqu'au plafond. C'était très réussi. Le pont nous a bien aidés pendant deux ou trois semaines, mais après, les sacs sont devenus envahissants, de nouveau. Ils venaient jusque dans le salon, ces salauds-là!

Enfin, ce n'était pas encore la catastrophe que c'est devenu par la suite, mais ça l'annonçait, déjà. Je me disais que je devais raisonner le Coupable, à propos des sacs, le pousser à en descendre quelques-uns au moins, oh pas tous, bien sûr, ce qui aurait représenté un gros travail, mais enfin, deux ou trois par-ci par-là. Moi, j'avais bien essayé, une fois, mais il s'était mis en colère, en me criant dessus. «Où veux-tu en venir, Léon, hein?» qu'il hurlait. «Tu veux tout

enlever pour qu'on revoie la garce? C'est ça…»
Enfin, des trucs de ce genre-là, alors, j'ai préféré ne
pas insister. On allait pas se fâcher, tous les deux, pour
une histoire de sacs et de femme morte.

Alors voilà, le Coupable était à sa réunion pour aider
les grévistes, et on sonne à la porte. J'étais bien em-
bêté. Il faut dire que chez nous, on entrait dans un vestibule, et toutes les pièces donnaient dedans, sauf la
salle de bains, qui s'ouvrait dans la chambre du
Coupable. Le vestibule restait propre, il n'y avait pas
de sacs, le seul fouillis, c'étaient les maquettes, les
rails et les étagères pour les locomotives et les wagons, mais que voulez-vous, on ne pouvait pas les
mettre avec les sacs.

Alors on sonne, je vais voir. Et j'entends la Vieille
qui papotait toute seule sur le palier. Elle trépignait,
agacée, je le sentais à sa voix. Alors, malheur de malheur, voilà que l'idée lui vient de pousser la poignée,
et la porte s'ouvre. Nez à nez, tous les deux, on s'est
retrouvés nez à nez. J'ai fait les gros yeux, et elle s'est
sauvée. J'ai repoussé la porte. Elle est revenue. Mais
elle n'a pas insisté, je devais lui avoir foutu la trouille,
et elle a simplement glissé un papier sous la porte.
Je l'ai entendue qui s'en allait dans l'escalier, ses talons aiguilles trottinaient en cadence, à un moment
elle a glissé sur une marche, et j'ai bien rigolé.
Quand le Coupable est rentré de soutenir les grévistes,
je lui ai montré le papier, il a tout de suite compris
que c'était la Vieille du troisième qui l'avait apporté.
Elle fait la commission dans notre immeuble, pour
les quittances de loyer, à la place du gardien du bloc.

Je ne pouvais pas savoir ce que disait le papier, car je ne sais pas lire, et à mon âge, il est bien tard…

*

Donc la Vieille est venue… Ah Léon, apporte-moi mes lunettes s'il te plaît, oui, là sur le fauteuil. Merci. Ah la carne. Elle voulait voir Irène, dans son congélateur, j'avais raison de vouloir la cacher avec les sacs… Sinon, elle l'aurait vue. J'interdis à quiconque de voir Irène. Elle est très bien là où elle est. Enfin, Léon, tu as bien fait de la chasser. Oh, mon bon monsieur, m'a-t-elle dit, je suis allée chez vous, mais j'ai vu Léon, alors je ne suis pas rentrée, pensez donc, il me fait peur! Tu te rends compte, Léon, elle a peur de toi! Ah ah ah, sacré vieux gaillard, tu n'aurais pas essayé de la… Vieux fêtard, va!

Bien, bien, bien, alors, elle est venue…

*

Gabelou avait noté le témoignage du gardien du bloc, le natif de Sétubal, Latros Emilio, confirmant que Mme Petit l'aidait dans sa tâche qui consistait, entre autres, à collecter les chèques du loyer.

L'hypothèse se tenait: la Vieille était venue chez le Coupable, elle avait vu les monceaux d'ordures et, craignant des ennuis, il l'avait supprimée en maquillant un suicide.

— C'est bien vrai, ça, Léon? demanda Gabelou. Il a buté la Vieille? Tu sais, il n'y a aucune preuve, on n'a rien volé chez elle, et rien n'oblige à penser

88

qu'on ait dû l'assommer avant d'ouvrir le robinet du gaz. Attendre qu'elle soit endormie? Allons donc, elle fermait toujours la porte…

L'Emmerdeur ne se laissait pas démonter par cet argument. Il affirmait que le Coupable avait un double des clés. D'ailleurs, les amis de la Vieille, au Club, disaient qu'elle les perdait souvent. Le trousseau était sur la table de chevet, à côté d'elle, lorsqu'on l'avait découverte. Mais cela ne permettait pas d'affirmer que la serrure avait été fermée de l'intérieur par Mme Petit, ou de l'extérieur par le Coupable, qui possédait des dons manuels importants, comme le prouvait la minutie avec laquelle il confectionnait les maquettes. Fabriquer un passe grossier était à sa portée…

*

C'est un soir, que tout s'est détraqué. Il avait fini sa classe, alors on était allés faire une petite balade tous les deux, et en rentrant, qu'est-ce qu'il voit dans le hall de l'immeuble? Des flics, partout! Je sentais venir les ennuis à cause du congélateur, mais non, l'affaire se tenait au troisième, la Vieille s'était suicidée…

On est montés chez nous, et là, le Coupable a éclaté de rire en m'envoyant des grandes claques dans le dos. Il a sorti de la bibine pour arroser l'événement. Je ne comprenais pas très bien. La Vieille morte, elle n'irait certainement pas raconter de vilenies à propos de ce foutu congélateur… un point pour nous. « Justement, Léon, justement » a dit mon copain, « j'ai pris les devants ! »

Il avait bien vu à mon air étonné que je ne saisissais pas tout le sel de la situation.

«Une histoire d'ourlet de pantalon, Léon, et, une fois chez elle, une baffe sur sa caboche, je l'attrape, je l'allonge sur son lit, je lui mets la photo de son mari entre les mains…»

J'étais à la fois heureux et inquiet. Plus de Vieille, plus de coups de canne, tant mieux. Mais il fallait que le Coupable continue d'être aussi malin. Il faisait des progrès. Pour Irène, il n'avait pas trouvé mieux que le congélateur, et les sacs pour cacher le congélateur, mais là, pour la Vieille, bravo! Personne ne viendrait réclamer. Ce qui me plaisait pas beaucoup, c'était ses séances avec son magnéto. Il devait se confesser, ça reste quand on serait morts tous les deux… Moi, je voulais bien être large, mais ça me paraissait pas très prudent, d'avouer comme ça…

Gabelou entendit un vacarme de cavalcade, de portes que l'on claque, des cris. Le silence de la nuit, au Quai des Orfèvres, venait d'être rompu, et Léon s'était brusquement réveillé. Le pauvre vieux en était à se demander s'il pourrait encore dormir une seule nuit en paix, avant sa mort…

— Bouge pas de là, Léon… dit Gabelou, je descends voir ce que c'est!

Les cow-boys de la brigade antigang rentraient d'expédition en territoire apache. Blousons de cuir, jeans effrangés, mèches en bataille, et le flingue glissé sous la ceinture, c'était un autre folklore. La chasse avait été bonne. Les inspecteurs poussaient devant eux toute une flopée de demi-sels, avançant les bras levés.

Gabelou les regarda passer, l'un après l'autre, en hochant la tête. Il n'avait plus l'âge de jouer à ce genre de pantalonnades. Un de ses collègues commissaires l'aperçut, adossé à un coin de couloir.

— Alors Gabelou… comment va Léon? lui lança-t-il.

Tout le monde était au courant de l'étrange complicité qui liait le commissaire et son témoin. Chacun avait vu Gabelou, les bras chargés de victuailles destinées à Léon, s'enfermer dans son bureau en sa compagnie. On savait qu'il réécoutait sans cesse les cassettes du Coupable et son enquête était largement commentée de service en service, après les torrents d'accusations d'incompétence que l'Emmerdeur était parvenu à susciter dans la presse…

— Léon va bien. Léon va même très bien… bougonna Gabelou, en tournant le dos à toute cette agitation.

De retour dans son bureau, il vit immédiatement que Léon n'allait pas si bien que ça. Comme si l'évocation de son état de santé avait agi de façon néfaste: une histoire de mauvais œil, un sort jeté par la sorcière, aurait dit le Coupable!

Léon respirait avec peine. Sous la couverture, sa poitrine se soulevait avec des frémissements louches, sa gorge émettait un sifflement rauque à chaque expiration.

Gabelou soupira profondément. Les autres flics, à l'étage du dessous, se coltinaient avec la pègre, et lui moisissait dans son bureau avec Léon… En guise de truand dangereux, il devait se contenter d'un témoin cacochyme et souffreteux. Qu'il avait de surcroît pris en affection.

Léon remua faiblement, ouvrit une paupière et fixa Gabelou de son regard glauque. Alors le commissaire frissonna. La vieillesse de Léon, ses traits décharnés, son mutisme borné d'ancêtre hostile et déjà à demi détaché de la vie, l'emplirent d'un malaise diffus. Léon

n'était que l'ambassadeur du temps passé, venu relever le compteur des années écoulées, avant que le
rideau tombe… Flétri, décrépit, rouillé, délavé par
l'usure, Léon avait la patience fière des vieux qui, assis
sur leur banc, regardent le sablier se vider, en guet-
tant le dernier grain.

— Bah… grogna Gabelou.

Puis il ouvrit le placard où l'on rangeait les bouteilles restantes, après chaque pot. Un fond de cognac avait survécu au départ en retraite de Redotat,
un collègue. Il s'en servit une large rasade, dans le
gobelet de plastique où séjournait un fond de café.
C'était faire injure au cognac, de l'affadir ainsi en
le coupant de quelques gouttes de l'insipide breuvage
sécrété par la machine embusquée au coin du couloir, mais Gabelou avait la flemme d'aller jusqu'au
bureau voisin chercher un vrai verre. Il but cul sec
et toussa violemment. C'était du raide, du vrai-de-
vrai. Il s'en servit une autre ration, qu'il sirota à petites gorgées, cette fois. Il voulut le faire sentir à Léon,
qui rechigna, se détournant du gobelet d'un air dé-
daigneux.

— Ah oui, j'oubliais, dit Gabelou, t'es abonné au
gros rouge, exclusivement. Bouge pas, je reviens!

Il s'en fut déranger une fois de plus le planton, pour
lui demander si, par hasard, lui ou l'un de ses collègues
n'aurait pas, traînant dans un recoin, un reste de vin.
Le planton hésita avant de protester, et se ravisa. Il
avait commis la bourde de laisser filer le témoin deux
heures plus tôt et cette négligence avait mis le Patron
dans tous ses états : mieux valait obtempérer! Il partit, d'une démarche traînante, quérir une bouteille de

93

Préfontaines, dans la salle de repos réservée aux gardiens affectés à la faction de nuit.

Gabelou présenta un bol à demi rempli à Léon, qui huma le fumet du pinard avec infiniment plus de bienveillance… Il fronça le nez, son œil s'éclaira quelque peu, et enfin il se décida à goûter le nectar. Il grimaça tout d'abord en raison de l'acidité, puis, quand le vin eut coulé jusqu'aux tréfonds de ses entrailles, il rota de satisfaction, éperdu de reconnaissance envers Gabelou. Qui remplit derechef le bol, à ras bord.

*

C'est le Coupable, qui m'a fait devenir alcoolique. Avant, jamais une goutte, pas ça, même quand j'étais à la ferme! C'est grâce à ma sobriété que j'ai pu vivre si vieux en gardant bon pied bon œil!

Un soir, le premier où je me suis installé chez lui après qu'on ait buté la mégère, le voilà qui se met à se servir du whisky, de grands verres et glou et glou, il avale en se mettant à chanter «il est des nô-ôtres, il se soûle la gueule comme les au-autres»! Léon! me dit-il, bois avec moi… Je voulais pas parce que je savais bien où mène l'alcool. J'ai eu le gosse de mon frère qui a été écrasé par le tracteur du patron de la ferme où il était, à cause de la cuite que le gars tenait. J'étais tout jeune et ça m'avait marqué, ce pauvre petit corps tout chaud embouti par le gros pneu. Dans la chair, on voyait l'empreinte du caoutchouc… Et du coup ça m'avait dégoûté du vin. Mais ce soir-là, le Coupable a tant et tant insisté, que j'ai fini par m'y mettre, et c'est devenu un vice de vieux… J'ai jamais picolé durant toute ma jeunesse, mais aujourd'hui, je crache pas sur un canon par-ci, par-là. À mon âge, je ne risque plus grand-chose, et puis maintenant que je vais peut-être finir mes jours en prison, ce serait rudement balourd de faire le difficile devant une petite joie.

Ah qu'est-ce qu'on s'en est mis, avec le Coupable! Lui, il essayait de se mesurer, parce qu'une fois qu'il avait un coup dans le nez, il tremblotait des mains et pour ses maquettes, ce n'était guère pratique. Il collait tout de travers, il se trompait dans les peintures et c'est tout petit tout ça, faut garder l'œil perçant et la main ferme, sinon, on sabote l'ouvrage.

Enfin je m'y suis habitué, à ma ration quotidienne, ça chasse le vague à l'âme. Plus je voyais monter les sacs, d'abord d'un mètre, puis de deux, jusqu'au plafond, et la cuisine, et le salon, et ma chambre, et bientôt celle du Coupable – il ne nous restait plus grand-chose pour circuler – plus j'y tenais, à mon pinard. Avec un bon litron dans les tripes, je ne pensais plus trop au moment où il faudrait bien ouvrir la porte, tout déblayer, et ouvrir le congélateur…

Le Coupable, lui, il buvait aussi, mais en restant raisonnable. C'est un type très raisonnable. Ordonné, propre et raisonnable. Son pinard à lui c'est ses maquettes, ses locomotives et ses wagons… J'espère qu'en prison il pourra au moins conserver un petit circuit, sinon, il va craquer, je le sais…

Mais moi, forcément, je n'allais pas me mettre aux trains. Alors j'ai picolé. Surtout que quand j'avais le nez dans le verre, je ne sentais pas les sacs. Au début, c'est resté étanche, voyez-vous. Mais après,

95

quand la matière a fermenté, quand tout a bien macéré pendant des semaines et des semaines, ça a donné des gaz. Et le Coupable avait beau ficeler les sacs à double tour, au bout du compte, les émanations se frayaient toujours un chemin à travers le sac. C'est comme le purin qu'on avait dans la cour de la ferme, une fois qu'il y en a trop, il y en a trop, l'odeur pénètre partout.

Je picolais mon pinard et je regardais passer les trains. Au début j'étais plutôt indifférent, mais ensuite, le Coupable a réussi à me faire partager sa passion. On regardait le circuit fonctionner, assis tous les deux, l'un à côté de l'autre, par terre. Les convois de voyageurs, les trains de marchandises, avec tous les wagons, les blancs, les rouges… Les rails filaient entre les sacs, en zigzaguant. Le Coupable les couvrait avec des posters de paysages de montagne, dans le grand canyon, juste avant ma chambre, on pouvait voir la mer, enfin, au début, parce qu'après, il a construit le tunnel, qui était très pratique pour entasser les sacs. Ah c'est beau, les trains… J'ai pris le train une seule fois, moi. J'étais jeune. Le RER, je l'ai pris souvent, avec mon copain le Coupable, quand je l'accompagnais à Paris, acheter des peintures ou des décalcomanies pour les wagons, ou des nouveaux aiguillages… Si on s'était pas fait pincer, on aurait été à Stuttgart, tous les deux, à Pâques, pour le Salon international des maquettes. Il me l'avait promis. Mais il ne pourra pas m'emmener… Que voulez-vous, je n'irai jamais tout seul.

Il est là-bas, à l'hôpital, à souffrir dans son lit, et moi, je bois le pinard de Gabelou, ah, je suis un salaud, tout

96

est de ma faute, c'est ce que je pense de temps en temps… Oui, pour la Vieille, on ne peut pas me jeter la pierre! Mais, à propos du Commis-Boucher, je ne suis pas fier de moi.

*

Question: Léon venait souvent faire les courses?
M. Bandret (patron boucher): Souvent, très souvent. On s'était habitués à lui, il venait tard le soir.
Question: Vous le serviez, vous, personnellement?
M. Bandret: Oh, moi, ou ma femme, ou le Commis. De toute façon, c'était pas compliqué. Il prenait toujours deux steaks, dans l'araignée ou la bavette. Un pour Léon, et un pour l'autre salopard…

Gabelou compulsa au hasard le dossier du Commis. Dans la chronologie, il arrivait bien en seconde position : après la Vieille, avant le Gamin. Une photo, un portrait d'identité. 18 ans, un peu gras, rougeaud, nourri à la bonne viande, et un petit air de ne pas avoir inventé l'eau tiède, telle était l'impression ressentie au premier abord.

Ce n'était probablement pas une lumière, ce jeune homme, mais peut-être se serait-il amélioré en vieillissant, si on lui en avait laissé le temps. Il était mort exactement un mois après la Vieille : le 5 novembre…

— Hein Léon, s'écria Gabelou, il aurait sans doute pris de la bouteille, le jeunot? Tu veux encore un coup de pinard? Attention Léon, tu bois trop. J'ai jamais vu ça...

Les photos accompagnant le rapport d'autopsie étaient des plus éloquentes. La voiture l'avait cueilli à l'instant où, accroupi devant son vélo, il était occupé à mettre ses pinces à pantalon ou encore à régler le dérailleur, on ne savait pas exactement.

Le Commis avait terminé son boulot à la boucherie vers 19 h 45 et devait rentrer chez lui. Il habitait chez un de ses oncles, en plein cœur du vieil Altay. Tous les matins, tous les soirs, il pédalait tout au long du trajet, qu'il vente ou qu'il pleuve.

Le pare-chocs avait heurté le bras à mi-hauteur de l'humérus, puis, sur la même horizontale, s'était encastré dans le thorax, emboutissant les côtes avec violence au point de leur donner une incurvation concave. Le vélo était coincé contre un muret et le Commis se retrouva pris en sandwich. La pédale pénétra dans la région lombaire, déchirant le rein gauche, écrasant au passage la bordure supérieure de l'os illiaque. La voiture avait ensuite fait marche arrière, mais le bloc de chair et de métal formé par la bicyclette et son propriétaire était resté accroché à la calandre, avant d'être éjecté sur le bitume. C'était un vélo de course. Le Commis partait le dimanche matin pour de longues randonnées. Au cadre, une gourde de plastique pendait, serrée par deux arceaux. En repartant, l'avant de la voiture écrasa le vélo, et les rayons des roues ne supportèrent pas ce traitement. Au moment de l'accident, la gourde de plastique était remplie de Fanta orange. Le Commis reçut une giclée sucrée en plein visage, sans que l'on puisse dire si cela avait adouci son agonie, au demeurant fort brève.

Le bitume du virage précédant la boucherie était zébré de traînées noirâtres. Les pneus avaient gémi lors du freinage, juste avant que le conducteur ne fonce contre le muret. Le gendarme de la prévention routière à qui l'on confia le dossier déclara, après une longue observation des traces de pneu, que le véhicule roulait au moins à cent à l'heure et qu'il avait embouti le Commis à environ soixante.

L'affaire fut plus ou moins classée, jusqu'à ce qu'on découvre le Coupable à demi conscient, Léon très mal en point, et le Visiteur totalement refroidi, dans l'appartement de la cité des Lilas Bleus. L'Emmerdeur avait dérobé une cassette, et, de surcroît, l'un des adjoints de Gabelou révéla à la presse qu'il en existait beaucoup d'autres. On se mit à bavarder à propos du contenu de ces bandes. L'Emmerdeur, sans plus attendre, hurla à la victoire. Il représentait l'assurance du patron boucher. Si c'était un accident de la circulation, survenu lors du trajet du Commis entre le lieu de travail et le domicile, il n'y avait plus qu'à casquer... Mais s'il s'agissait d'un meurtre, la Compagnie se retranchait derrière la clause 38 bis, celle qui figurait en bas de la quatrième page des contrats, et stipulait qu'en cas d'assassinat, d'émeute, de révolution ou autre cataclysme de ce type, on ne pouvait compter sur elle pour éponger toute la misère de ce bas-monde...

Avant la mise au jour du tas d'ordures où s'était replié le Coupable, rien de tout cela ne fut envisagé. La version officielle soutenait que le conducteur s'était affolé et avait préféré s'enfuir, abandonnant le corps disloqué du Commis sur la chaussée. Les époux Bandret, qui venaient juste de refermer le rideau de fer de leur échoppe, eurent tout le loisir d'entendre le ronflement du moteur, le hurlement du caoutchouc écrasé sur le goudron, et enfin la cacophonie de tôle et de tubulures froissées, mêlée au bruit de la chair déchirée par le pare-chocs, le fracas des os, le chuintement des veines et des artères se vidant de leur sang. Le temps de relever le rideau et de courir sur le trottoir pour tenter d'apercevoir la voiture, il était déjà trop tard ; le chauffard avait disparu dans un panache de fumée noire. La boucherie était située en plein milieu du marché, mais c'était un lundi, les autres boutiques étaient fermées, à l'exception de celle du boulanger, qui se trouvait de l'autre côté de chez le fleuriste, donc trop loin pour voir quoi que ce soit…

Et L'Emmerdeur s'acharnait à faire en sorte que l'on prenne pour argent comptant le délire du Coupable, glapissant ses aveux soir après soir, cassette après cassette, seul face au Vieux Léon. L'Emmerdeur avait un atout : le témoignage du concierge lusitanien, qui affirmait que le Commis, un soir, était bien venu le trouver dans sa loge pour lui demander où habitait le Coupable. Cela deux jours avant «l'accident».

La thèse de la vengeance prenait donc consistance.

— Si c'est vrai, Léon, ton pote était une belle ordure! dit Gabelou.

Ah, Léon, mon cher Vieux Léon, je t'offre à boire, et tiens, moi aussi je me sers un verre. Je ne t'avais rien dit pour te faire la surprise, mais voilà, écoute: «Horrible accident hier soir à Altay-II devant la boucherie Bandret. Le jeune commis, qui quittait son travail et s'apprêtait à rentrer chez son oncle, rue du 18 Juin à Altay-I, a péri broyé par le véhicule d'un chauffard, qui a lâchement pris la fuite sans même s'inquiéter de l'état de la victime»… et blablabla, Léon, c'est un jour de fête! Tu peux être fier de moi. Ah, tu aurais vu sa face de bovin stupide, quand j'ai débouché du virage, ses yeux de vache, vlan, je lui ai massacré la gueule! Tu vois, Léon, ta bêtise est réparée, ah ah, ah, ne te fais plus de souci, mais la prochaine fois, attention, je ne peux quand même pas les tuer tous…

*

Alors là, oui, pour sûr, à propos du Commis, j'avais honte, je n'aurais jamais dû commettre une bêtise pareille sans l'avertir. C'est à cause de la monnaie que tout est arrivé. C'est moi qui allais faire les courses à la boucherie, oui. Oh, c'était un magasin bien propre et moi je suis un peu crasseux, alors je restais sur le pas de la porte, avec mon panier et le porte-monnaie dedans. J'attendais qu'on veuille bien s'occuper d'un pauvre vieux comme moi. Et le Commis disait: «Tiens, voilà Léon, et deux bavettes, deux!» Il mettait les bavettes dans mon panier, et il prenait lui-même les sous, parce que je ne sais pas compter.

Je rentrais chez nous, avec nos deux steaks, et c'était les seules courses que je faisais : à Carrefour, il y a plein de lumières, des tas de rayons, des chariots à roulettes, des étiquettes partout, de la musique, plein de monde, enfin, bref, comment voulez-vous que moi, Léon, j'aille acheter quelque chose là-dedans?

Le Coupable faisait toutes les autres courses le samedi après-midi, mais pour la viande, il préférait du super frais, de l'extra-tendre de chez le boucher, je suis bien d'accord avec lui, les bavettes en barquettes de plastique de Carrefour ne valent pas celles de M. Bandret. Et à mon âge on est sensible à la qualité de la viande, je n'ai plus les dents de ma jeunesse, si on me donne un steak dur et plein de nerfs, j'en laisse la moitié.

Alors tout allait bien avec le Commis, bonjour Léon, au revoir Léon, brave Léon. Mais un jour, oh, à peine un mois après la Vieille, je rentre des courses, le Coupable et moi on se met à table. À cette époque-là on mangeait dans le vestibule, déjà. Il y avait encore un peu de place dans la salle à manger, mais plus beaucoup et pour manger, malgré tout, les sacs, c'était pas très ragoûtant, alors on se mettait dans le vestibule, sur une table de camping. La grande table de la salle à manger, les chaises, la télé, toutes ces conneries-là, le Coupable les avait déménagées et données à Emmaüs, pour en faire cadeau aux grévistes de Citroën, qui étaient très nécessiteux, comme ça, sans travailler.

On était donc là, comme des papes, le Coupable

et moi, avec nos steaks bien tendres, bien rouges, et on sonne! Je savais bien que c'était pas la Vieille, pardi! Qui pouvait s'intéresser à nous? Le Coupable m'a fait «chut» avec ses doigts, et on a retenu notre souffle. Mais, ce n'est pas ma faute, j'ai éternué, mon assiette est tombée, et le quelqu'un, derrière la porte, a dit: «Oh? il vous est arrivé quelque chose, répondez, répondez, vous êtes là.»

Ah, on était dans une de ces situations! Si on n'ouvrait pas, il allait peut-être chercher le concierge, ça s'était déjà vu, un coup pareil, avec la Vieille et le gaz. Et le gars qui continue: «Oh, mais ça sent une drôle d'odeur…»

Alors là, le Coupable a paniqué, il a cru qu'on allait enfoncer la porte, tout déblayer, et fatalement, pas moyen d'y échapper, on retrouverait la mégère, congelée dans la cuisine. D'un geste brusque il a entrouvert la porte. C'était le Commis qui s'était trompé dans la monnaie qu'il devait me donner, et il s'en était aperçu.

«J'ai pas voulu qu'il y ait de malentendu, m'sieu» a-t-il dit. «C'est rien, c'est rien, merci et au revoir!» a dit mon copain, en prenant l'argent. Il a refermé la porte aussi sec. Et il m'a engueulé, mais engueulé… Je ne savais plus où me mettre! «Fallait faire attention, bougre d'andouille, je vais te foutre dehors, moi, tu finiras sous les ponts, t'es qu'un clochard…!» Tout y est passé. À la fin de sa colère, il s'est aperçu que le mal était fait, et que je regrettais sincèrement. Et voilà.

L'ennui, c'est que le Commis avait jeté un coup d'œil dans le vestibule, il avait sans doute aperçu la table de camping, nos deux assiettes... ça devait paraître suspect, qu'on s'installe pour manger dans l'entrée, une entrée minuscule dans un appartement de trois pièces... Le Commis avait vu nos volets fermés, comme tout le monde. Le Coupable ne mettait pas de sacs sur le balcon, et le soir, de temps en temps, on y prenait l'air, quand l'odeur devenait insupportable dans le Canyon.

Le Commis avait senti l'odeur, puisqu'il l'avait dit. Ah, on a passé une bien mauvaise nuit ; par ma faute. Le lendemain, le Coupable a descendu un sac, pour conjurer le mauvais sort. Mais je le sentais nerveux, tendu, inquiet, plus du tout le gai luron que j'avais connu. J'étais prêt à faire quelque chose pour réparer ma gaffe, mais quoi? Ah?

Il est rentré du collège, le soir suivant, il s'est assis sur sa chaise de camping, dans le vestibule. Il ne bougeait pas. Vers minuit, il s'est réveillé, il a fait marcher son circuit. On a admiré le TGV qui fonçait dans le Canyon, mais il riait mécaniquement. J'étais triste, si triste... on ne peut pas imaginer. Je suis allé dans ma chambre, il ne me restait plus qu'un petit couloir, contre la fenêtre, avec un filet d'air frais qui passait par un trou, et j'ai essayé de dormir. Dans la nuit, très tard, je l'ai entendu, lui, qui rampait dans le tunnel du canyon. Il est venu me voir, en éclairant avec une pile, parce qu'on ne pouvait plus pousser le bouton, il y avait trop de sacs, et le lustre aussi était derrière les sacs. Il s'est accroupi près de moi et il m'a dit: «On est foutus, Léon, on est cuits... ils vont venir!» J'ai essayé de lui remonter le moral, mais c'était pas de la tarte. Et il est reparti dans le vestibule, s'asseoir sur sa chaise. Le lendemain, je l'ai trouvé comme ça. Je voulais qu'il aille au boulot, sinon on s'inquiéterait, et là, on viendrait chez nous à coup sûr voir ce qui se passait, mais il n'avait pas l'air de comprendre ce que je racontais. Il a ouvert une boîte de sardines, et on a mangé un peu. Ensuite, il a décroché son costume, qu'il mettait contre la porte des W.-C., à un cintre, avec sa chemise, sa cravate, et ses chaussettes, dans une boîte. Il s'est habillé, je l'ai vu partir, la tête basse. Je suis retourné pousser un petit roupillon, sur le balcon : dans ma chambre, ça sentait trop.

Enfin, ça a été comme ça deux jours durant, et puis après, il a repris le dessus, il est allé régler son compte au Commis-Boucher. C'était risqué, mais radical.

Il m'a dit qu'il avait pris sa voiture, qu'il savait bien à quelle heure le Commis quittait son travail; il rentrait en vélo chez lui, et crac, dans la gueule. Tout était vrai, il était fier de lui, il a mis l'article où on racontait tout ça sur le mur des W.-C., avec un morceau de scotch.

Après ce passage difficile, on a repris notre petite vie pépère. Nos trains, mon pinard, nos repas en tête à tête, du coup, c'est lui qui allait chercher les steaks chez M. Bandret.

Pour les sacs, ça devenait critique. Il a jeté tout ce qui restait dans le placard, l'aspirateur, des vieilles frusques, des livres. L'espace était maigre, en tassant fort, à peine quarante sacs. Il a eu une idée malencontreuse, c'est de tasser, justement. Il est arrivé un soir avec une grosse pelle, et il m'a dit «tu vas voir ce que tu vas voir»… Il est allé dans ma chambre, en rampant dans le Canyon, je l'ai suivi, et il s'est mis à cogner sur les sacs, avec le plat de la pelle, et vlan et vlan : ça a pas traîné, en dix minutes il avait gagné deux mètres... L'ennui, c'est que les sacs éclataient, ça coulait partout, et la fosse à purin, dans la ferme où j'ai passé ma jeunesse, c'était le paradis en comparaison de ce qu'on a respiré. Terrible, c'était terrible, ce qui sortait des sacs, une bouillie de toutes les couleurs, pleine de jus. Il toussait, comme moi. C'était tout liquide, cette saloperie-là.

Il a foncé à Carrefour, et il est revenu avec des grandes éponges, du papier pour absorber, il a fallu boire toute la sauce des sacs par les éponges et les rouleaux de papiers, ça a pris du temps. Ensuite, il a mis les éponges dans des sacs, et les papiers aussi. Les nouveaux sacs sont allés rejoindre les autres, le bénéfice était maigrichon, mais enfin, on ne peut pas dire, j'avais plus de place pour m'allonger. De ce jour-là, il a renoncé à tasser.

Et pour qu'il se nettoie, c'était pas de la tarte. Il était couvert de jus, ça avait giclé dans tous les sens, en cognant sur les sacs avec la pelle! La baignoire était remplie, aussi. Il ne restait que les W.-C. Il s'est mis à genoux, et, en tirant la chasse, il s'est nettoyé.

C'est à cause de ça qu'il s'est rendu compte que la salle de bains était superflue. Il fallait juste l'eau pour se nettoyer, et la cuvette des W.-C. était suffisante. Comme quoi on dit le luxe et tout, eh bien, lorsqu'on est coincé, on revient à une conception plus saine de la valeur des choses.

Mais il est vrai que la propreté devenait un problème aigu. Dans le vestibule, il avait ses deux costumes, qu'il faisait nettoyer au pressing, à tour de rôle, pour être impeccable à son travail. Après on n'a pas eu de chance, quand les W.-C. sont tombés en panne. Et lui, ce grand nigaud de bricoleur qui vous fait des merveilles de petits trains avec ses doigts de fée, il n'y connaît rien en plomberie! Heureusement, c'était presque les vacances et puis de toute façon on s'est fait prendre à cause du Visiteur...

Bien évidemment, on avait fait expertiser la voiture du Coupable. Une Ford d'un modèle assez ancien. L'avant, la calandre et le pare-chocs ne portaient pas de traces d'accident, mais le Coupable avait eu tout le loisir de réparer, ou de faire réparer. Une enquête détaillée auprès des garagistes de la région ne donna aucun élément. L'Emmerdeur s'excitait en postillonnant que le Coupable, certes fou à lier, n'était cependant pas naïf au point de se rendre dans un garage d'Altay ou des environs afin de procéder à une remise à neuf de son véhicule.

Gabelou lui avait balancé un rapport d'expert démontrant que les blessures du Commis ne pouvaient avoir été causées par un pare-chocs de Ford, celui-ci étant trop bas pour frapper là où l'on avait frappé. L'Emmerdeur ne se laissa pas démonter et produisit un contre-rapport, basé sur les conclusions de l'expert officiel: les traces de pneus sur l'asphalte indiquaient la vitesse de cent kilomètres à l'heure avant freinage et de soixante, après. À cette allure, le véhicule avait de toute façon heurté la bordure du trottoir, et l'avant s'était soulevé pour percuter le Commis. Gabelou lut le papier, agrémenté de plusieurs croquis et de calculs – un vrai problème de physique pour classe de seconde – et reconnut, penaud, que l'Emmerdeur venait de marquer un point.

Et c'était à cause du Commis que tout avait démarré. Sans cela, sans l'acharnement de l'Emmerdeur, sans l'avarice de la Compagnie, il eût été facile d'écraser le coup, de ne retenir que le meurtre passionnel...

Gabelou jeta un coup d'œil à la pendule. Il était 5 h 30. À l'étage du dessous, l'agitation s'était un peu calmée. La neige, au-dehors, s'amoncelait en une couche tout à fait respectable. Sur le rebord de la fenêtre, à l'extérieur, le thermomètre indiquait moins cinq. Gabelou se passa une main sur le visage. Cette nuit de veille l'avait éreinté, mais il savait qu'il n'aurait pas trouvé le sommeil. Cette salade l'agaçait au plus haut point, il n'avait qu'une envie, partir au plus vite chez lui, là-bas, au pied du Ventoux. Il devait y faire un froid de canard, mais l'air n'y puait pas le cadavre.

— Bon... Léon, on s'est assez emmerdés comme ça, tous les deux! Allez, viens, on va casser une petite graine! Allez, debout, vieux salaud...

Ils descendirent jusque dans la cour. Gabelou eut beaucoup de difficultés à faire démarrer sa voiture. Il avait oublié de mettre de l'antigel et s'inquiétait. Le moteur tourna enfin, non sans avoir rechigné durant de longues minutes. Gabelou s'énervait, sous le regard perpétuellement indifférent de Léon.

Il conduisit à petite vitesse jusqu'au Châtelet, et tourna rue des Halles. Les premiers passants se hâtaient vers les bouches de métro, en remontant le col de leur pardessus. Enfin Gabelou se gara devant un bistrot où les derniers bouchers du quartier viennent se restaurer. La salle était enfumée ; les blouses tachées de sang y voisinaient avec les tenues plus élégantes mais froissées de joyeux drilles venus terminer la nuit dans cet endroit, manger une soupe à l'oignon. Les visages convergèrent vers le commissaire et son ami Léon. Ils prirent place dans un recoin de la salle, Gabelou s'affalant sur la banquette, Léon se contentant de la chaise, en face de lui.

— Qu'est-ce qu'on va prendre, hein, Léon? Deux petits salés, hein? Va pour deux petits salés. Et un bol de rouge pour Léon!

Le serveur toisa le Vieux Léon d'un air hautain, mais il en avait vu d'autres ; il nota la commande.

Gabelou attaqua la viande à bonnes dents, encourageant Léon à en faire autant.

— T'es crevé, mon pauvre vieux. Mange, ça va te requinquer. Non? t'as pas faim?

*

Holà, c'est plus de mon âge, de vadrouiller comme ça. Ils ont fait du raffut toute la nuit, ces flics, à courir dans les couloirs, et quand c'était pas eux, c'était Gabelou qui me serinait avec ses cassettes, je peux pas suivre, moi. Surtout avec le pinard que j'ai bu.

Il m'avait promis qu'on irait voir le Coupable, et nous voilà attablés pour bâfrer! J'ai plus faim. J'ai sommeil. Je ne sais pas ce qu'il cherche, le Gabelou, si c'est me faire tourner la tête ou quoi, mais j'en ai marre. De toute manière, il sait tout, ça ne sert à rien de nier. Quand le Coupable se réveillera, ils le feront avouer, en le tenant comme moi dans leurs bureaux plusieurs jours de suite, et lui, c'est pas comme moi, c'est un émotif, il voudra leur expliquer pourquoi il a fait tout ça, au lieu de la boucler, et ça ne servira qu'à l'enfoncer davantage. Il ne pourra pas se taire, c'est certain, c'est un bavard, une pipelette. Et provocateur avec ça. Quand il va les voir, tous autour de lui, il sera très content de leur tenir le crachoir, de les faire tourner en rond… Rendez-vous compte qu'il a eu le culot d'aller à l'enterrement du Gamin! Oui, oui, oui… ça c'était gonflé! Il le connaissait bien, et aussi les parents, mais quand même, est-ce qu'on va tenter le diable juste histoire de rigoler?

Il est allé là-bas, en Normandie, avec la voiture qui avait servi à tuer le Commis!

Moi aussi, je le connaissais, le Gamin. Il était gentil avec moi, lui, au moins, pas comme la Vieille. Je le voyais au club de modélisme, à la Maison pour Tous. Le Coupable donnait un cours, tous les mardis soir. Il y avait une quinzaine de gosses, qui venaient, les uns avec des avions, les autres avec des bateaux, ou des trains, et même des tracteurs avec des piles et une antenne, et ils commandaient ça avec une boîte, de loin.

Le Coupable aimait bien que je l'accompagne. Oh, je me mêlais pas des maquettes, pour sûr. Je m'asseyais dans un coin et je les regardais faire. Ils papotaient tous ensemble, s'échangeaient leurs outils, leurs pinces, leurs loupes. La séance durait plus de deux heures. Les gosses demandaient au Coupable comment faire une soudure, et quelle peinture il fallait pour le bois, sur le bateau, avant de le mettre dans l'eau, enfin, des tas de conneries comme ça, et ils avaient l'air de s'amuser comme des fous.

Moi, quand j'étais gosse, j'ai jamais eu de jouets. Si, un seul : une espèce de petite poupée qui faisait du bruit, mais elle a pas fait long feu, je l'ai bousillée tout de suite. Je crois bien que je m'en rappelle encore : un gros nounours bleu et rouge, comme nos sacs, tiens. Je ne sais pas comment j'avais eu ça, parce qu'à la campagne, de mon temps, on n'avait pas ce genre de cadeau, nous autres.

Alors le Coupable répondait à chacune de leurs questions, et prêtait ses outils à lui; les gosses lui rendaient jamais, il râlait et en fin de compte il en rachetait d'autres. Tout ça, c'est pour dire que c'est pas un monstre, mon copain. Au procès, s'agirait pas de l'oublier. On aura fort à faire, avec les témoignages des vieux du Club, de l'Emmerdeur, et le Patron Boucher, et peut-être les parents du Gamin...

Il a fait ses cours jusqu'au bout. Après, c'était les vacances de Noël. Il faisait froid. Heureusement, parce qu'on redoutait la chaleur, à cause des sacs. Je passais mes nuits à chasser les mouches. Des œufs éclos qui dataient de l'été. Le Coupable se ruinait avec des produits contre cette vermine, il aspergeait tout avec de la poudre, ça me faisait tousser. Mais la poudre ne suffisait pas. Alors il en est revenu aux bonnes vieilles méthodes campagnardes : le papier collant! Il en mettait partout, ça pendait dans tous les coins, un vrai massacre. Tous les soirs, on comptait des centaines de mouches, des à-merde.

Le Gamin, il y venait, au cours de modélisme. Il voulait même que le Coupable l'emmène à Stuttgart, mais ses parents auraient jamais eu le pognon pour payer le voyage. Mon copain l'avait, lui, en économisant les sous de la cantine.

La maquette du gosse, c'était un gros bateau. Il n'avait pas encore mis la cabine et tout, juste la coque en bois, avec un moteur qui faisait un sacré raffut, même que le Gamin aimait bien le faire tourner pour rigoler, et le Coupable l'engueulait en disant que ça abîmait l'hélice de la faire ronfler quand elle était pas dans l'eau. Je t'en fous s'il écoutait, le garnement, dès qu'on avait le dos tourné, vroumm et vroumm, des bêtises de gosse, quoi!

Et puis les cours ont fini à cause de Noël. Le Coupable dormait presque toute la journée, chez nous. Dans le vestibule. À la fin, on n'avait plus que le vestibule où se mettre, parce qu'il avait bien fallu fermer les W.-C., complètement cassés. Ils fuyaient, mais si un plombier était venu, gare à la catastrophe…! On fermait la porte, pour l'odeur. Le Coupable utilisait les W.-C. de l'Altay-Club, quand on était de sortie, mais la nuit, il n'allait quand même pas se retenir, hein?

Moi, de ce point de vue-là, j'avais pas trop de problème. Je dormais plus dans ma chambre, c'était plus possible, surtout qu'on avait encore mis des sacs, il restait tout juste la place pour le train. Alors je faisais dans le fond, près de la fenêtre. Ou bien au-dehors, en balade. Mais le Coupable, lui, ne voulait pas faire comme moi, il a trouvé une autre solution : les bouteilles de Contrex, en plastique. Avec un gros goulot. Un litre et demi chacune, on a le temps de voir venir… Une fois la bouteille remplie, il la rangeait dans les W.-C., comme ça, ils continuaient de servir, malgré tout. Il remettait bien le bouchon, avant de la ranger. On était tranquilles pour un bon moment, parce que les bouteilles, ça se range bien mieux que les sacs. Et c'est plus solide. Jamais elles n'ont lâché.

On mangeait plus sur la table, non plus. Avant, il y avait une table dans le salon, où étaient installés les transfos des trains, les commandes des aiguillages, toute la partie technique. Mais la table prenait trop de place, et le Coupable l'a refilée à Emmaüs. Il a installé toute la technique sur la table de camping, dans le vestibule. Il dormait dessous, le matelas calait bien la table.

Quand on arrivait sur notre palier, au dernier étage, ça sentait. Honnêtement, ça sentait. Heureusement que le voisin était chez les fous, sinon je crois qu'il aurait fini par se plaindre. On avait tout calfeutré pour empêcher l'odeur d'aller dehors. Le Coupable avait cloué une couverture roulée tout autour de la porte, pour bien protéger, mais les derniers jours, ça ne suffisait plus.

Des gens du dessous, on n'avait pas grand-chose à craindre. À droite, c'est un type de l'usine Citroën, il travaille la nuit, et rentre au petit matin. Il a les yeux tout petits, l'air pas heureux, ce gars-là. Son boulot c'est de mettre la peinture sur les autos. Il a les cheveux tout gris. Alors vous pensez que son nez ne renifle plus rien d'autre que la peinture et le gas-oil à la rigueur. À gauche, c'est des jeunes de l'usine aussi, mais pas de la peinture. Des drôles de loulous qui ont déjà eu affaire à la police pour la drogue. Ils

114

filent dans les escaliers sans regarder personne, et couchent dehors la plupart du temps; ce qui se passe dans l'immeuble, ils s'en foutent.

Le Gamin, lui, il habitait dans un immeuble pas loin. Le Coupable le ramenait chez lui, le soir, après le modélisme, parce que les parents aimaient pas le voir traîner dans la rue. Ils disaient qu'autour de l'Altay-Club c'était plein de truands qui volent des mobylettes et on ne sait jamais avec cette racaille-là…

Aujourd'hui, ils disent que c'est nous, le Coupable et moi, la racaille, ils s'en foutent, des voleurs de mobylettes!

Alors pour le Gamin, c'est pas compliqué. C'est ces conneries de gosse. Il avait emprunté plein d'outils au Coupable, pour son chalutier, et c'était les vacances, il allait partir en colonie. Le père lui a dit d'aller les rendre…

Il est venu un soir, mais on était prévenus, quand il a frappé, il n'y avait plus de bruit, et j'ai pas éternué, ni fait tomber mon assiette, comme le jour du Commis. On l'a laissé frapper, le Gamin. Mais il avait la trouille que son père le gronde pour les outils, et au lieu de les déposer devant la porte, ça lui a pris, une idée de gosse, il est passé par chez le voisin… Le fou est chez les fous pour longtemps, alors on a tout déménagé chez lui, parce que les voyous ont cambriolé plusieurs fois. La porte n'est même pas fermée et le Gamin est entré, il est allé jusqu'au balcon, qui touche presque le nôtre.

Et tout à coup, voilà qu'on entend du bruit du côté de ma chambre. C'était le gamin qui mettait les outils contre le volet fermé… On a vite rampé jusque là-bas pour écouter, et puis on est revenus jusqu'au vestibule, tout essoufflés, le Coupable et moi, avec le trouillomètre à zéro, la belle affaire!

Et le Coupable a attrapé le Gamin sur le palier. Il lui a passé un savon, et même mis une baffe, mais il avait l'habitude, le salopiau, d'en recevoir, des torgnoles, avec toutes les bêtises qu'il faisait.

«Pourquoi vous avez pas répondu, quand j'ai frappé?» Le Coupable ne s'est pas dégonflé, il a tout de suite trouvé la réponse: «je dormais», a-t-il dit. «Ah?» a fait le Gamin. Puis le Coupable lui a caressé la joue en disant que c'était pas bien grave, mais qu'il ne recommence pas, sinon, il dirait tout à ses parents!

On l'a regardé descendre l'escalier, tous les deux. Je savais ce que ça voulait dire. Je n'étais pas d'accord, mais si le Gamin racontait tout, on allait se retrouver dans la panade, et quelqu'un finirait bien par ouvrir le congélateur!

Deux jours plus tard, le Gamin partait en colonie. On l'a vu passer dans la rue, avec sa valise et son cartable sur le dos. Dans le cartable, il avait mis ses jouets, pour pouvoir rigoler avec ses copains.

«Où tu vas comme ça?» lui a demandé le Coupable. Le gamin nous a dit qu'il allait prendre le car jusqu'au RER, et ensuite le RER jusqu'à Paris. Personne ne l'accompagnait, tout le monde était au boulot. Après la grève des voitures, s'agissait pas de perdre du temps, mieux valait gagner des sous.

Quand il a disparu au coin de la rue, ce petit bonhomme avec son cartable et sa valise, j'ai bien senti qu'il allait encore arriver une drôle de tuile. On est rentrés chez nous, le Coupable a un peu joué avec son train, cinq minutes, puis il m'a dit qu'il partait faire des courses. Il est revenu une heure plus tard, avec deux beaux steaks pour faire la fête.

On était à table quand on a entendu les hurlements. Elle gueulait tant qu'elle pouvait, la mère, pour qu'on puisse l'entendre de chez nous! On est descendus vite fait jusque devant chez le Gamin.

Il y avait des flics, et la mère qui pleurait dans les bras du brigadier.

Le Coupable secouait la tête, il a serré la main du père qui rentrait de l'usine, parce qu'on l'avait appelé. On est restés une bonne dizaine de minutes avec eux, mais le Coupable en a eu assez, et puis il avait faim.

On est revenus chez nous pour casser la croûte. Le malheur des autres, ça va bien cinq minutes, mais gare aux abus. Moi, par exemple, personne n'a jamais pleuré sur mon sort, et pourtant, je mérite, avec tout ce que j'ai souffert.

Je mangeais ma bavette, toujours aussi bonne, et le Coupable ricanait dans son coin, en appuyant sur les boutons du transformateur, les trains se mettaient en route, et il ricanait encore.

Il a donné des sous pour la couronne, avec tous les gens de la cité. Une belle couronne pleine de fleurs blanches, ça sentait bon, une véritable bénédiction, on l'a gardée une nuit chez nous, puisque c'est lui qui l'a emportée dans sa voiture jusqu'en Normandie, pour l'enterrement.

Cette nuit-là, on a dormi tous les deux dans le vestibule, l'un à côté de l'autre, comme deux frères, les pieds vers les W.-C., et la tête presque contre la couronne.

Et ça parfumait notre chez-nous, sans réussir à chasser l'odeur du reste, mais un peu, quand même…

Le lendemain matin, il s'est levé de bonne heure, il s'est habillé avec le costume qui revenait de chez le pressing à côté de l'Altay-Club, et il est parti en chantant, avec la couronne dans les bras. J'ai regardé la voiture tourner au coin de la rue. J'étais bougrement inquiet : d'ici qu'il aille faire le fanfaron au cimetière, et nous voilà dans la mélasse!

Toute la journée, j'ai tourné en rond dans la cité, autour du CES, je suis allé voir le changement d'équipe à l'usine Citroën, ce qui me distrait beaucoup d'habitude, mais là, rien, j'étais trop anxieux. L'usine, ça me plaît à cause de la trogne des gars qui sortent après leur boulot. Ils tirent tous une drôle de bobine, avec leur air fatigué. C'est ça qui me remonte le moral à moi, Vieux Léon, parce que cette tête-là, je l'ai jamais eue, même si ma foutue vie a pas toujours été de la tarte, ah ça pour sûr que non!

Bref j'ai passé une mauvaise journée, le samedi de l'enterrement. Et puis le soir, j'étais sur un banc, au bout de notre rue, tout à coup j'entends un grand bruit de klaxon, des cris joyeux, c'était lui qui revenait. Il portait des paquets plein les bras, et on a fait une sacrée fête avec le gigot et la pintade, chez nous. Il m'a raconté comment les gens pleuraient, là-bas, au bord de la mer. Il se tordait de rire, ce qui ne lui arrive pas souvent, mais là, on aurait dit qu'il se rattrapait!

Ce soir-là, en m'endormant – il était tard, on a fait rouler les trains jusqu'à 2 heures du matin –, j'étais gonflé à bloc. Il suffisait qu'il déblaye un peu quelques sacs, la nuit par exemple, plusieurs soirs de suite, pour que tout redevienne vivable. Il aurait pu les mettre dans une rue voisine, personne ne se serait rendu compte. Mais non. Alors voilà où nous en sommes. Lui à l'hôpital, et moi, entre les pattes de Gabelou!

LA BELLE

Avec un grognement de satisfaction, Gabelou repoussa son assiette. Le reste de Brie qui s'y étalait n'était pas assez séduisant pour qu'il cède à la tentation. Il commanda un café serré. Léon avait boudé son petit salé, mais, Gabelou l'ignorait, il n'aimait que la bavette, l'araignée. La hampe à la rigueur.

— Alors Léon, dit Gabelou, qu'est-ce qu'on va faire de toi? Si je te laisse retourner à Altay, les gens de la cité vont te faire un sort. Et puis tu ne peux pas rester tout le temps avec nous! Où est-ce qu'on va te mettre? À ton âge, personne ne veut de toi…

Léon scrutait la salle, autour de lui, le comptoir, les serveurs qui s'activaient avec leurs plats. Il n'avait prêté qu'une oreille distraite à ce que racontait Gabelou.

— Parce que, tu sais, reprit Gabelou, c'est fini, le cirque. Je classe, moi, je rends le dossier. Plus question que je m'esquinte!

Gabelou se leva et repoussa la table afin de gagner le comptoir, pour régler son addition. Puis il sortit. Léon le rejoignit sur le trottoir.

— Viens, lui dit Gabelou, on va faire un tour…

Ils se réinstallèrent côte à côte dans la voiture et Gabelou roula vers le boulevard Sébastopol, qu'il remonta jusqu'au Magenta, en direction de la Porte de Clignancourt. Les passants étaient plus nombreux et avançaient prudemment. La glace recouvrait la chaussée et les trottoirs, perfidement tapie sous la neige. Léon frissonna et se tassa davantage dans son fauteuil.

— T'as froid, dit Gabelou, attends, je vais mettre plus de chauffage…

Ils étaient arrivés sur le périphérique, que Gabelou prit en direction de l'est, vers Altay. La banlieue défilait sous leurs yeux, encore indolente dans le petit matin ; ça et là, des lumières s'allumaient, imprimant une tache claire sur la noirceur des façades. En alternance, Gabelou croisait des cités-clapiers, des zones industrielles, et de maigres enclaves pavillonnaires, oubliées là comme par négligence.

Les panneaux indicateurs d'Altay apparurent sur les portiques qui surplombent l'autoroute. Gabelou décrivit une large boucle pour éviter Altay-I. Après un bref no man's land sans maisons, ni arbres, ni usine, les premiers bâtiments d'Altay-II devinrent visibles, au loin. Il y avait une large bande de terre séparant les deux voies de la route. Des carcasses de voitures ou d'ustensiles ménagers finissaient d'y rouiller, et, de part et d'autre du terre-plein, on avait creusé un fossé afin d'empêcher les gitans d'installer leurs caravanes à l'entrée de la ville nouvelle. L'enseigne rouge et or de Carrefour clignotait dans la nuit, démesurée. Les voitures étaient rares, mais Gabelou se laissait doubler par les nombreux cars amenant les ouvriers droit dans la gueule béante de l'usine Citroën, tout là-bas, au fond, cachée derrière les collines artificielles parsemées d'arbustes. Les blocs d'immeubles devenaient plus serrés à mesure que Gabelou roulait. Avec des gestes saccadés, des zombies chevauchant des mobylettes traversaient la route. Les lampes jaunes des réverbères jetaient une lueur étrange sur les allées enneigées, où des négresses en boubou trottinaient vers on ne sait quelle besogne.

Gabelou contourna le CES et ses bâtiments de préfabriqué pour pénétrer dans la cité des Lilas bleus. Le Coupable habitait tout au fond. Bordant la cité, le bar Altay-Club était déjà ouvert, et toute une humanité laborieuse devait y être accoudée devant des cafés ou, beaucoup plus probablement, devant des ballons de calva, des chopes de bière, breuvages plus énergétiques. L'enseigne de néon bleu battait de l'aile et ne s'illuminait que par intermittence.

Gabelou claqua sa portière en grelottant. Il faisait plus froid qu'à Paris, et, de la plaine voisine, une bise sournoise soufflait en rafales, faisant tournoyer les flocons de neige.

Gabelou s'engagea dans le hall, le Vieux Léon sur les talons. Les noms des locataires étaient affichés sur les boîtes aux lettres, à côté d'un panneau où l'on pouvait lire quelques informations municipales. La section Troisième Age de la Maison pour Tous organisait un séjour à la montagne, courant février. Les Modélistes préparaient, quant à eux, une exposition-concours pour la fin de l'année scolaire… En somme, la vie continuait.

Ils montèrent les étages avec lenteur, Gabelou précédant Léon qui ne semblait pas très heureux de revenir chez lui. Il fallait bien appeler ça chez lui. Le service d'hygiène de la municipalité avait fait le nécessaire et les ordures n'empestaient plus l'appartement. L'incinérateur qui voisinait avec le CES s'en était donné à cœur joie, dévorant à pleines flammes les monceaux de sacs que l'on extrayait du logis du Coupable. À la fin, il émit un gros rot, crachant avec délices une bouffée de fumée noire de ses entrailles rassasiées...

Sitôt les repérages policiers terminés, on s'était mis au travail, charriant les sacs éventrés à travers les escaliers. Puis, la tâche devenant trop pénible, on s'était rabattu sur une grande chaussette de bâche plastique, accrochée au balcon et se déversant directement dans une benne, garée en face de l'immeuble. Les ouvriers travaillaient d'arrache-pied, suant sous leur masque à gaz. L'office des HLM, magnanime, leur versa une prime pour que disparaissent au plus vite les traces de la décharge qui avait commencé, de l'intérieur, à ronger la cité.

Les voisins assistaient au nettoyage, béats d'admiration devant les quantités titanesques d'immondices qu'ils voyaient défiler sous leurs yeux. Au début, Gabelou avait fait poser des scellés sur la porte, et des gardiens du commissariat se relayaient pour préserver l'antre à déchets. Puis c'était devenu superflu, une fois le travail d'enquête terminé. Alors, la nuit, des clochards étaient venus touiller la fange, à la recherche d'un impossible butin. L'Emmerdeur n'était pas resté sur la touche. Armé d'un appareil-photo, il avait mitraillé l'appartement-poubelle, zoomant à qui mieux mieux dans le «Canyon», fixant sur sa pellicule les entassements de bouteilles Contrex remplies à ras bord d'excréments, les collines de sacs rouges et bleus, à présent violacés sous l'effet des macérations.

Il y eut un épisode cocasse : l'arrivée du représentant d'une firme fabriquant des sacs-poubelles. Il cherchait dans la masse des détritus des emballages produits par son usine, afin de vérifier s'ils avaient mieux résisté à l'entassement et à la putréfaction que ceux mis en vente par les concurrents... et c'était vrai ! Il fut question d'un spot publicitaire utilisant le «fait divers d'Altay-II» comme support d'une démonstration «in vivo», mais l'on recula devant l'énormité du propos, craignant que l'exemple ainsi donné n'incite les gens, non pas à stocker, mais du moins à se débarrasser moins régulièrement de leurs déchets domestiques...

L'appartement voisin de celui du Coupable était toujours vide ; son locataire se plaisait beaucoup à l'HP, et ne tenait pas à affronter de nouveau une classe de gamins déchaînés ou hagards à force de sniffs de mauvaise colle. L'Office HLM avait d'ailleurs fait une croix sur le dernier étage, renonçant à le louer pour au moins quelques mois, avant que l'oubli ou un autre fait divers ne vînt effacer ce pénible souvenir de la mémoire de la cité.

Gabelou ouvrit d'une simple poussée la porte de l'appartement. Il pénétra dans le vestibule. Léon, méfiant, était resté sur le palier et se penchait pour suivre le commissaire des yeux.

— Allez, viens, dit Gabelou, personne ne va te sauter dessus!

Alors Léon, d'un pas hésitant, se décida lui aussi à franchir le seuil. Du vestibule, il partit dans la cuisine, tournant sur lui-même, hébété.

Une forte odeur de désinfectant flottait dans l'air. Des seaux traînaient dans les coins, remplis de boîtes de détergents et de brosses. Dans la cuisine, le sol avait été soigneusement nettoyé, et de larges dépôts de poudre à récurer obstruaient les rainures du carrelage.

Les murs du salon et de la chambre étaient à nu, le papier arraché. Sur le plâtre, des taches noirâtres s'étalaient. Les sacs déchirés avaient déversé leur pourriture, corrosive et pénétrante. Gabelou trouva une chaise sur laquelle étaient rangés des vêtements blancs d'ouvrier plâtrier. Ses outils reposaient sur le rebord d'une fenêtre. On sentait la lessive, le plâtre frais, l'enduit, le crésyl, mais, derrière tout cela, Gabelou eut l'impression que d'autres effluves venaient lui titiller l'odorat… Il se dit que c'était sans doute une illusion.

— Quel carnage vous avez fait, hein, Léon? murmura-t-il en débarrassant la chaise des vêtements qu'elle supportait. Il s'y assit. Léon était dans le vestibule, appuyé contre la porte des W.-C. Il fixait sur le lino la marque, tracée à la craie, du cadavre du Visiteur. Les ouvriers avaient balayé, et le transport des sacs avait lui aussi contribué à effacer le dessin, mais il restait encore net. Jambes et bras écartés, allongé dans le vestibule, la tête vers les W.-C., la main droite tendue vers la porte, les doigts crispés, dans

128

un geste désespéré. Léon ne pouvait détacher son regard de cette silhouette vide, recroquevillée sur le sol. Il avait peur que tout à coup elle se mette à gigoter de nouveau, pour l'agripper...

*

Ah la saleté, ah la vermine! C'est que j'en rêve la nuit, moi, de ce salaud-là! Je ne crois pas aux fantômes, mais de le voir comme ça, par terre, ça me flanquerait presque la trouille. Oh, il peut faire le malin, Gabelou, à fumer son cigare au beau milieu du salon en me narguant... Tiens si le Coupable était là, il ferait disparaître le Gabelou sous une montagne de sacs, on le verrait plus! À l'endroit où il est assis, il suffirait de revenir deux semaines en arrière, il étoufferait sous la saleté...

Aujourd'hui tout est net. Le Coupable serait content, lui, il aime, quand tout est net, et propre. Ils ont tout vidé, de fond en comble, et les inspecteurs ont piqué plein de trains. Gabelou a un gros carton avec des rails et des maisons dans son bureau, mais c'est maigre, ce qui reste après la razzia. Respectent pas le bien d'autrui, ces gens-là.

*

Gabelou s'était levé, il remit les affaires du plâtrier sur la chaise, et, son cigare en bouche, il revint vers le vestibule.

— Quel carnage, hein Léon, répéta-t-il, non mais, quel carnage!

Léon quitta l'appartement le premier, et descendit rapidement les escaliers. Il attendit Gabelou au-dehors, près de la voiture.

*

M'énerve, celui-là. Qu'est-ce qu'il essaye de faire? De créer un choc psychologique en me ramenant sur les lieux du crime? Pour me troubler? Ils font des coups de ce genre-là, des fois, les flics. J'avais vu ça dans un film à la télé, avec le Coupable. Mais moi, ils m'auront pas. Même en me montrant la trace de craie du Visiteur par terre, comme si il allait remuer! D'abord c'est bien fait pour lui, à çui-là. Si il était pas venu chez nous, nous casser les pieds, rien ne lui serait arrivé. Les a bien cherchés, les coups de hache!

Ah, il a pas été déçu du voyage, le Visiteur! Et si il était resté chez lui au lieu de venir chez nous, le Coupable et moi, on serait pas là où on en est, lui à l'hôpital, et moi avec Gabelou.

On lui avait rien demandé, d'abord. On l'a pas appelé. C'est lui qui a cherché la bagarre. Nous, on s'est défendus. Et le Coupable, quand il a reconnu sa voix à travers la porte, il lui a dit de foutre le camp, de dégager de là, sinon ça allait mal finir. Mais le Visiteur a insisté.

Le Coupable était très fatigué. C'était les vacances, mais il ne bougeait presque pas de chez nous, sauf pour aller chez le boucher. Il ne mettait plus ses deux costumes, comme pour travailler. Il avait un survêtement bleu qui lui plaisait beaucoup parce qu'il ne l'avait pas payé tres cher, grâce à la Camif. Un matin, lui et moi, on est partis à la gare d'Altay, avec une valise où le Coupable avait rangé ses deux beaux costumes, pour ne pas les salir avec les sacs, chez nous. Il a mis la valise à la consigne, comme ça, ils restaient bien propres et bien nets, les costumes.

Oui, il était vraiment fatigué. Il bricolait ses trains d'un air morne, et ce qui l'attristait, c'est que tout partait en eau de boudin, à cause des sacs qui fuyaient de partout, sur les rails, sur les fils électriques, sur les wagons. Il avait beau faire des soudures et des réparations dans le Canyon, le lendemain tout était à recommencer. Alors il s'énervait contre les sacs, il donnait des grands coups de pied dedans, mais ça les crevait, et c'était encore pire. On dormait presque tout le temps. En fin d'après-midi, on partait faire un tour à l'Altay-Club, ou à Carrefour pour acheter mon pinard. Mais le cœur n'y était plus, parce qu'on savait que pour les sacs, il y aurait une fin.

Et un soir, le Visiteur a frappé. Nous, comme d'habitude, on n'a pas bougé d'un poil. Mais le Visiteur a crié, derrière la porte : «Vous êtes là, je vous ai vu à l'Altay-Club, je vous ai appelé, vous n'avez pas répondu… Ouvrez!» «Fous-moi le camp, ordure!» a crié le Coupable. «Hé, mais ça pue, ici!» a dit le Visiteur. «Pas tant que toi, saloperie!» a répondu mon copain, du tac au tac! À pas de loup il s'est approché de la porte, il l'a ouverte en grand en prenant le Visiteur par le col de sa veste, pour l'attirer dans le vestibule. J'ai poussé la porte, qui a claqué.

«Ah, tu veux me voir, hurlait le Coupable, eh bien regarde ce que je suis devenu!»

131

Alors là, je ne peux pas raconter la tête du Visiteur… Il roulait des yeux en répétant que c'était pas croyable. Il a toussé à s'en étouffer ; et il a pris un mouchoir pour se le mettre sur le nez. Il s'est penché pour voir le tunnel du canyon.

«Attends, salaud, tu vas voir comme c'est beau», s'est écrié mon copain. Et il a fait partir le TGV à toute allure, c'est vrai que ça avait de la gueule. Le Visiteur a pas aimé : il faisait toujours ses yeux de fou en répétant : «C'est pas vrai, c'est pas vrai !» «Il te plaît pas, mon train ?» a dit le Coupable. Le Visiteur n'a pas répondu parce qu'il vomissait. Il n'en pouvait plus. Il se tenait la gorge, suffoquait.

«Ah, ce n'est pas convenable du tout, d'être sale chez les gens», a grondé le Coupable. Il s'est approché du Visiteur, par-derrière. Et il lui a botté le cul de toutes ses forces, avant de lui prendre les cheveux et de le forcer à s'accroupir, pour lui frotter le nez dans son vomi. «Ce n'est pas convenable du tout, oh non ! ça ne se fait pas, mais où donc avez-vous été élevé, monsieur l'Inspecteur ? On ne vous a pas appris les bonnes manières ? Même mon ami Léon se tient mieux que vous…»

Alors le Visiteur s'est dégagé en donnant des coups de poing partout, sur mon copain, et dans les sacs, ça faisait un bruit mou. Il n'était pas beau à voir, essoufflé, et très sale. Le Coupable avait mal après les coups de poing, mais il grondait toujours le Visiteur, comme on fait pour les enfants, avec les gros yeux : «Ce n'est pas convenable, pas convenable du tout !»

«Laissez-moi sortir !» a hurlé le Visiteur. Il essayait de se diriger vers la porte, mais on lui barrait la route, moi et mon copain. «Poussez-vous! Je veux partir!» J'ai senti que ça allait chauffer, et je me suis réfugié dans le Canyon. À mon âge, on ne peut plus se battre.

«Pousse-toi, je te dis de te pousser…» grognait le Visiteur. Alors le Coupable lui est tombé dessus, en cognant, et l'autre s'est affalé au beau milieu des sacs qui craquaient de partout en éclaboussant. Jusque-là, tout était correct, mais ça a mal tourné quand le Visiteur a vu la hachette que le Coupable utilisait pour tailler le bois servant à étayer le tunnel du Canyon. Il a bondi pour attraper la hache, mais il a glissé sur une flaque de pourriture, pour arriver à plat ventre devant le Canyon. Il tenait quand même la hachette.

«Et en plus, vous abîmez mon circuit!» a dit mon copain, pas content du tout en voyant un wagon écrasé et des rails tordus…

Le Coupable lui a sauté dessus, ils se sont battus. Mon copain tenait le poignet de l'autre, qui serrait la hache de toutes ses forces. Ils roulaient par terre, vers le salon, en défonçant de plus en plus de sacs. Les collines rouges et bleues, que le Coupable avait eu tant de mal à arranger, s'effondraient les unes après les autres. Un vrai cirque.

D'abord, le Visiteur a eu le dessus. C'était un gars costaud. Il a repoussé mon copain en lui enfonçant la tête dans un sac, et, l'arme à la main, il s'est traîné vers la porte.

Le Coupable reprenait son souffle, et juste avant que l'ennemi n'ouvre la porte, il lui a balancé un grand coup de pied dans le dos et il a tourné la clé dans la serrure.

«Vous êtes fous... laissez-moi!» le Visiteur pleurait. Mon copain a pris la clé, et il l'a lancée tout au bout du salon dans les sacs. La hache à la main, le Visiteur a crié: «Pousse-toi, je vais démolir la porte!»

«Ah? on vient chez les autres faire le sale et après on veut tout casser, ce n'est guère convenable, ça ne se fait pas!» a murmuré le Coupable. Il a ramassé un sac et l'a lancé au visage du Visiteur. C'était un bleu, assez vieux, qui a crevé. Le Visiteur était couvert de saletés, aveuglé.

Ensuite, je ne sais plus très bien ce qui s'est passé, parce que j'étais caché au fond du Canyon, je les entendais grogner. Toujours est-il qu'au bout d'un moment, j'ai vu le Visiteur qui rampait vers la porte, avec du sang partout sur la tête, ses cheveux qui dégoulinaient de rouge, mêlés au jus d'ordure, qui, lui, est plutôt noir. Il avait aussi une blessure au bras. Il essayait de se redresser pour atteindre la poignée, ce qui prouve bien qu'il n'était pas malin, puisque la serrure était bouclée! Je tremblais comme un fou au fond du tunnel.

Il a levé le bras, et a eu une sorte de crise. Il s'agitait par terre, des petits soubresauts désordonnés, et crac, plus rien, il était mort. Alors je suis sorti de mon trou et j'ai vu mon copain allongé dans le salon, sur les sacs, avec une grosse plaie dans le ventre.

«On l'a eu, Léon, on l'a eu, ce salaud!» m'a-t-il dit. J'étais très inquiet. J'ai pleuré. «Pleure pas, Léon, pleure pas, plus personne viendra nous emmerder, maintenant...» chuchotait-il. Je suis resté à côté de lui, les larmes aux yeux, et de temps en temps, je jetais un coup d'œil vers l'endroit où il avait lancé la clé. Elle était tombée dans la pourriture, jamais on ne pourrait la retrouver… Et il s'est évanoui. Ils étaient là, tous les deux, pleins de sang, couverts de saloperie, et il y avait un bruit qui m'énervait, c'était le TGV. Il roulait toujours, celui-là… Quand ils s'étaient battus, ils avaient cassé des wagons et la gare de triage, mais à ce moment-là le TGV était dans ma chambre, et avant de revenir au vestibule, il a tourné longtemps. Alors il roulait toujours, revenant dans le Canyon, pour faire un virage et passer à deux doigts de la jambe du Visiteur qui était allongée contre les rails… J'ai vite oublié le bruit parce que je ne savais pas comment faire pour arrêter le courant. J'ai secoué le Coupable. Sa blessure avait une sale allure, avec le jus des sacs qui coulait dessus, c'était pas bon, tout ça. Alors j'ai eu un moment de désespoir. Je voyais pas de solution. Et ça me fait souvent ça quand je suis inquiet: je m'endors. Au réveil, j'avais une de ces faims… Le Coupable râlait, et je ne voulais pas appeler au secours, des fois qu'on découvre le Visiteur, les sacs, et la surprise au fond de la cuisine, dans le congélateur! La tête me tournait, ce n'est plus de mon âge, toutes ces complications. Les sacs troués dégageaient une drôle de vapeur, ce qui n'arrangeait rien. Je suis resté deux jours comme ça, avec eux deux, dans les sacs. Le Coupable tenait le coup, mais il allait y rester, à ce régime-là. Et le TGV qui roulait toujours! J'avais faim, de plus en plus faim. Me remplir l'estomac: ça devenait une obsession! La tête me tournait, ma panse se crispait, tordue par les crampes. Je fermais les yeux, ou bien je fixais mon regard sur les sacs, sur les trains. De temps en temps, le Coupable remuait un peu. Le Visiteur, lui, devenait de plus en plus raide, il paraît que c'est normal.

J'allais de l'un à l'autre, et je m'enfonçais dans le Canyon pour ne plus les voir. Le Visiteur a commencé à sentir au bout du premier jour. Vous me direz, comment je faisais pour renifler quelque chose de plus, avec le festival de puanteurs qui infestaient l'atmosphère, chez nous? Eh bien si, cette odeur-là, on la sent toujours, au milieu de tas d'autres, plus fortes, pourtant.

Et cette foutue porte qui était fermée… Ah, c'était pas beau à voir! À la fin, c'était trop, la faim me donnait le vertige. Alors, que voulez-vous, je sais que c'est pas des choses à faire, bon, j'ai commencé à manger le Visiteur.

La fesse droite, en premier, du bout des dents. De la vraie carne, mais à la troisième bouchée, je m'y suis habitué. Il n'y avait pas le choix… À la guerre comme à la guerre. Après, j'ai attaqué les mollets: encore plus dur!

Mais ce repas m'a requinqué, je ne voyais plus tout en noir. Le Coupable respirait encore, et tant qu'il y a de la vie, il y a de l'espoir. C'est ce qu'on dit dans les cas désespérés. J'ai dormi.

Au réveil, j'ai encore mordu dans la fesse du Visiteur. Et je me suis décidé à appeler à l'aide. Tant pis pour le congélateur…!

De toutes mes forces, j'ai hurlé, hurlé. À la mort…

Le premier témoignage était celui du gardien du bloc, Latros Emilio. Il avait enfoncé la porte à coups de masse, entendant les hurlements désespérés de Léon. Emilio, valeureux mais asthmatique, ne put résister à la pestilence épouvantable qui lui sauta au visage quand il se fut rué dans l'appartement. Il s'écroula sans plus attendre. Par chance, son cousin Eusébio, venu passer quelques jours à Altay, l'avait accompagné jusqu'au dernier étage, après la demande formulée par une locataire du second. Eusébio, à la vue du cadavre du Visiteur affalé dans un écrin d'immondices, battit en retraite en appelant à l'aide.

L'Emmerdeur passait dans la rue, avec sa petite serviette de cuir bourrée de dossiers. Il enquêtait sur un cas litigieux, un cambriolage maquillé, tout au bout de la rue.

Il vit le teint verdâtre d'Eusébio, qui reprenait son souffle en désignant les fenêtres du Coupable, obturées par les volets coulissants. Il escalada les marches quatre à quatre, jusqu'au palier, où, telle une bouffée échappée d'un charnier mal entretenu, la pourriture lui prit la gorge. Il se contrôla malgré tout, fouilla dans ses poches à la recherche d'un mouchoir, et, ainsi masqué, pénétra dans le vestibule.

Il crut que le Coupable était mort, tout comme le Visiteur. Par la suite, il ne put s'expliquer pourquoi il avait dérobé une cassette, d'un geste impulsif. La hiérarchie de la Compagnie lui fit verser une bonification exceptionnelle pour cette rapine intuitive.

Dix minutes plus tard, le brigadier Dufour arrivait sur les lieux, à la tête d'une escouade de gardiens de la paix. Ils procédèrent à l'évacuation de l'immeuble. Entre-temps, Léon avait filé… Puis l'on entendit le martèlement caractéristique des bottes des pompiers, suant sous leur lourde vareuse de cuir. La grande échelle était superflue, de même que les tuyaux. On emporta le Coupable à l'hôpital d'Altay. Pendant la bagarre avec le Visiteur, le tranchant de la hache lui avait perforé l'abdomen, s'enfonçant dans les intestins, dont le contenu se répandit sur la civière au cours du transport. Les sacs éventrés sur lesquels il s'était vautré avaient laissé filtrer leur suc empoisonné et la plaie était infectée au-delà de tout ce qu'on pourra jamais lire dans les revues médicales. Une septicémie vigoureuse lui rongeait la chair, mais le Coupable résistait à l'infection. Bouillonnant de pus comme les escargots plongés dans l'eau salée dégorgent de bave, il avait repoussé la mort, miraculeusement. Du bloc opératoire d'Altay, on le transféra à l'Hôtel-Dieu, salle Cusco, dès que son état le permit. Par l'énorme plaie qui lui fendait le ventre s'échappait toute une kyrielle de drains multicolores reliés à des bonbonnes de verre.

Du fond de sa torpeur, il recrachait d'abondantes sécrétions, aspirées par le vide que l'infirmière créait toutes les heures, en branchant les bonbonnes à une pompe murale.

Et Gabelou attendait depuis quelques jours son retour à la conscience. Il s'était dépêtré tant bien que mal des auditions de témoins, avait classé les pièces à conviction, les rapports d'autopsie, alors que l'interrogatoire bien mené du Coupable aurait résolu tous les problèmes. Dans l'intervalle, Gabelou se consolait en cajolant Léon. Il l'avait soustrait à la vindicte populaire, qui tolérait les meurtres et l'entassement des ordures, mais ne pouvait se résoudre à voir déambuler dans les rues d'Altay celui qui s'était rendu responsable de l'horrible péché : manger de la chair humaine… Léon essuyait les injures avec placidité, fuyant dès que le ton des invectives grimpait d'un cran. Il reçut des coups de bâton, des crachats, et les gosses de la rue, fiers d'arborer cette veulerie que revêt parfois l'enfance pour mieux singer le monde des adultes, lui jetaient des pierres dès qu'il se montrait aux abords de la cité. Le pauvre vieux traînait dans le terrain vague, autour du CES ou dans les parages de l'usine Citroën. Las de ce spectacle pitoyable, auquel il assistait au cours de ses démarches, Gabelou décida de le prendre sous sa protection et de le garder au Quai. Après tout, c'était le témoin N° 1 !

Léon semblait déprimé. Il ne réagissait pas à cette marque d'affection. Puis, par hasard, au cours du pot donné à l'occasion du départ en retraite de Redotat, le collègue de Gabelou, Léon démontra son attirance pour le vin rouge : on le servit dans un bol. Dès lors tout alla pour le mieux. Le pour-le-mieux de la vie de Léon n'était guère brillant, certes. C'était un pour-le-mieux de misère et de malchance, de crainte des coups et de joies pauvres. Il observait les allées et venues des adjoints du commissaire, l'air blasé. Parfois, ses yeux se mettaient à pétiller d'intérêt lorsqu'il était question du Coupable…

C'était à se demander comment ils avaient pu s'entendre, tous les deux, durant ces neuf longs mois qu'avait duré la folie. Le Coupable était un personnage trouble, double. Côté pile, cette bonhomie respectable relatée par tous les témoins, nourrie par un train-train de vie somnolent, ce respect des interdits, cette docilité totale face aux reniements, aux déchirements qu'impliquait son délire, étayée par une aptitude hors du commun à courber l'échine, à digérer les minuscules défaites d'une existence minée d'humiliations…

Côté face, un laisser-aller sans bornes, un jeu incessant de faux-fuyants, pire : une fuite, un écoulement, une liquéfaction, un gargouillement de mille lâchetés, s'exprimant dans une fascination irrépressible pour le sale, le douteux, le gluant, le puant… Chez Léon, rien de tout cela : un horizon bien délimité, jalonné de steaks et de bols de vin mais aussi de tendresse, d'œillades amoureuses, de soupirs, en somme un bonheur terre à terre, naïf et ignorant, qui n'acceptait la bassesse et les calculs sordides que harcelé par la nécessité.

Tout cela était bien décelable dans son regard un peu perdu. Il voyait défiler, au travers des vitres embuées de la voiture de Gabelou, la succession des

140

virages de l'autoroute, qui s'insinuait entre des falaises de béton, avant de plonger dans des tunnels à l'atmosphère empoisonnée par les gaz d'échappement...

*

Ben mon vieux, peuvent bien se plaindre des odeurs qui partaient de chez nous! Sont pas gênés, avec leur saloperie de gas-oil. C'est que ça me fait tousser. Quand j'étais jeune, mes poumons se sont habitués à l'air pur, et voilà qu'aujourd'hui, je m'esquinte à humer le super. Enfin, je suis trop vieux pour râler. Bientôt je quitterai cette terre de souffrance. Je suis plus très adapté à toutes ces singeries. Le Gabelou, je sais plus trop où il veut en venir, à me trimbaler comme ça, à droite et à gauche. Je m'en serais bien passé de la petite visite chez nous... Même si le Coupable s'en sort un jour, et que je peux venir le chercher à la prison, je crois bien qu'on aurait bon nez de ne pas remettre les pieds à Altay, parce qu'on traîne une sacrée casserole, tous les deux... Là, avec Gabelou, je risquais rien, j'étais protégé de tous ces teigneux... Et puis il était très tôt, heureusement, tout le monde roupille encore, le matin, on marche au radar, d'étage en étage on entend les lits grincer, c'est le mâle qui besogne un petit coup sa femelle avant de partir au turbin. Une demi-heure plus tard, il y a de la cavalcade dans les escaliers parce qu'on est en retard, et le car klaxonne déjà au coin de la rue. Avant, j'aimais bien écouter les bruits du matin. Je restais là, les yeux fermés, les oreilles dressées, grandes ouvertes, et allez donc, la marmaille qui encaisse les baffes, la cafetière qui tombe par terre, le type du deuxième qu'arrive pas à faire démarrer sa voiture…

Bah, c'est du passé, tout ça, j'y goûterai plus jamais. Je retournerai plus à Altay. Fini, classé. Des pierres, ils me lançaient, ces connards de mômes, du gros caillou qui sert à faire les remblais de l'autoroute, bien pointu, acéré, j'avais des plaies sur tout le dos. Et c'est pas les glaviots que je récoltais en prime de la part des parents qui auraient pu m'aider à cicatriser mes blessures, ah vous parlez d'un onguent, leurs crachats malsains, mousseux, pleins de brins de tabac, parfumés au pastis, tout ça parce que je m'étais pour ainsi dire taillé une bavette dans l'arrière-train du Visiteur. Pas de quoi fouetter un chat, comme ils disent…

Je leur demandais rien, moi, je m'étais sauvé de chez nous par le toit, en vitesse, dès que l'Emmerdeur avait disparu. Du coin de la rue, caché sous un camion garé en face de la Maison pour Tous, j'ai vu les flics arriver, les pompiers, l'attroupement, le cirque. Et Gabelou, qui est venu dans la soirée, l'air brave et pas excité comme les autres. Ils ont sorti le Coupable sur une civière, et j'ai eu envie d'approcher, mais prudence, j'ai pas bougé de dessous mon camion.

Il faisait pas bien chaud dehors, et je claquais des dents. Sitôt les flics partis, voilà que les déménageurs d'ordures sont venus. Ils portaient des sacs, et des sacs, et encore des sacs. Je redoutais le moment où ils ouvriraient la cuisine, et là, attention à la catastrophe. Mais c'est pas le premier soir que ça s'est passé. La nuit est tombée, je suis allé faire un tour du côté de l'Altay-Club, sans trop oser me montrer. Dans un caniveau j'ai trouvé un reste de poulet, et un bout de sandwich enveloppé dans du papier, ça m'a fait mon repas… Ensuite, je me suis couché dans le cagibi à poubelles de la Maison pour Tous. C'est une combine que j'avais d'il y a bien longtemps : le concierge ne ferme jamais la porte, et tout au fond du réduit, la colonne d'air qui chauffe les étages dégage une douce brise tiède. Tassé là-dedans, j'ai dormi jusqu'au petit matin.

J'attendais l'arrivée des ouvriers qui déblayaient. Ils sont venus avec leurs masques, et là, le deuxième jours, ils avaient compris la combine… au lieu de descendre sac par sac en se pinçant le nez, ils ont tout foutu par la fenêtre, dans une benne. C'était plus rapide. Il y avait plein de mémés qui regardaient ça, en secouant la tête… Je guettais le moment où ils décloueraient les planches de la cuisine, ça allait gueuler encore plus fort que pour le Visiteur! Et c'est là que j'ai été imprudent, de ne pas rester sous un camion, comme la veille. Bêtement, je me suis avancé et des gosses m'ont vu. Ils ont fait la ronde autour de moi en chantant «Léon-dégueulasseu-Léon-dégueulasseu» sur l'air des lampions, et au bout de cinq minutes j'ai pris la première boule de neige, et toute une cascade d'autres, et l'ambiance montait, montait, «pourri», «fumier», «galeux», «y a qu'à le crever» qu'ils gueulaient, les mômes… J'en menais pas large, parce que l'année précédente, ils avaient coincé un autre vieux comme moi, un que je connaissais un peu, Gustave ; à plusieurs, ils l'avaient entraîné dans une cave, et là, crac, que je t'enfonce un bâton dans le cul. Avant de l'enfoncer, le bâton, ils l'avaient trempé dans

143

de la sauce à couscous, toute rouge, de l'harissa ça
s'appelle, et le pauvre Gustave, ensuite, il faisait peine
à voir, dans la cité, à marcher de travers comme un
crabe.

Je serrais déjà les fesses en pensant à la sauce rouge
mais ils étaient plus méchants encore. Les mémés qui
regardaient les ouvriers décharger les ordures m'ont
vu, elles aussi. Elles ont fait le signe de croix en criant
«Jésus! Jésus!» et la plus vieille s'est mise à glapir
«il est maudit, il est maudit! il a mangé de l'homme».
Les gosses il en fallait pas plus pour les encourager
et c'est là que j'ai reçu les pierres. J'ai couru aussi
vite que j'ai pu vers l'usine Citroën et ils me cava
laient après en me jetant leurs cailloux. Je connais
sais un coin près de l'entrée où le grillage est déchiré
hop, j'ai disparu dans le trou, ils me voyaient bien en
core courir sur la pelouse, mais la distance devenait
trop grande pour les pierres...

Mais ça me démangeait trop de voir les ouvriers
avec le congélateur. Quand la marmaille s'est calmée
et a disparu, je suis retourné dans la cité. Prudence
prudence, je courais de voiture en voiture, je m'abri
tais contre les pots d'échappement, bien caché
derrière les roues, pour pas qu'on me trouve.

Et je les ai vus. Ils étaient deux, des tout noirs, va
chement costauds, qui portaient le congélateur, dans
leurs bras. Ils l'ont mis sur une camionnette, et ils ont
discuté parce qu'ils n'avaient pas d'ordre. La table
de camping, et le congélateur, c'est tout ce qui sub
sistait des meubles du Coupable, tout le reste, il
l'avait bazardé... À la fin, ils ont dit qu'ils portaient
tout chez Emmaüs, près de là. J'ai foncé chez

Emmaüs, moi aussi, pour les attendre. Et M. Emmaüs leur a dit merci, très bien, il a ouvert le congélateur, satisfait, et voilà. Moi, j'étais soufflé. Soit Gabelou avait déjà trouvé la mégère et on l'avait emmenée sans que je m'en rende compte, soit le Coupable l'avait planquée ailleurs, mais ça m'étonnait, il me l'aurait dit! Une fois que M. Emmaüs a tourné le dos, j'y suis même monté, dedans le congélateur. Vide, nickel. J'ai reniflé partout. Rien de rien.

J'étais un peu paumé, sans nouvelles du Coupable! Qui aurait eu la délicatesse de me prévenir au cas où il mourrait, je vous le demande? Monde de sauvages.

Je traînais dans la cité. Où aller? Je fouillais tous les soirs dans les poubelles de l'Altay-Club. J'ai croisé Gabelou à plusieurs reprises. Une fois, il m'a coincé contre une porte, menaçant, en demandant «c'est lui, Léon?» à la locataire du premier qui a dit oui. «C'est lui qui allait chez le boucher?» «Oui, a dit la vieille, avec son panier et le porte-monnaie dedans, il était très rigolo…»

À mon âge, «rigolo», non mais, je vous jure… Gabelou discutait le coup avec moi à chaque fois qu'on se rencontrait. Quand il était là, je sortais de sous les voitures, et puis au bout de quelques jours, il a vu comment les gosses me traitaient, et on m'a coffré pour m'embarquer au Quai des Orfèvres. Témoin N°1, complice du meurtrier, et tout.

Mon vieux cœur en avait déjà pris un sacré coup quand le père Emmaüs a ouvert le congélateur, mais c'était rien à côté de la fois où Irène, la poison, la mégère, la garce, est entrée dans le bureau du commissaire!

145

Gabelou roulait lentement. La circulation se faisait plus dense, sur l'autoroute, aux entrées de Paris. Autour de lui, les conducteurs étaient hargneux, ils accéléraient avec brusquerie, déboîtant de leur file au petit bonheur la chance, l'air buté, sans doute excités par le flash d'informations de 7 h 30, annonçant de nouvelles hausses du prix du carburant. Gabelou se tourna vers Léon, que les klaxons, les accélérations soudaines, les coups de frein inopinés ne semblaient même plus troubler.

— On va voir ton copain, Léon… dit Gabelou. T'es content?

Mais Léon n'écoutait le commissaire que d'une oreille distraite. Il était perdu dans la brume épaisse de ses souvenirs. Il ne savait plus où il en était. Le Coupable était-il seulement encore en vie? Il en doutait. Depuis quelque temps, on ne lui racontait que des histoires.

La mégère était morte, et voilà qu'elle venait de refaire surface, deux jours plus tôt, plus pimpante que jamais, dans ses vêtements de deuil, bas noirs à couture, tailleur moulant, voilette coquine et sanglots de circonstance… Gabelou voulut l'interroger dès la découverte du corps du Visiteur, mais c'était impossible: on la disait prostrée, accablée de douleur… Gabelou attendit donc, avant de pouvoir la convoquer.

146

Puisque les cadavres ressuscitaient, pourquoi la Vieille, le Commis et le Gamin ne viendraient-ils pas, eux aussi, en visite au Quai des Orfèvres? Non, Léon ne comprenait plus. Il l'avait crue rectifiée, la poison, douillettement blottie dans le congélateur, nichée dans son écrin glacé, rendue inoffensive à jamais... Mais elle était réapparue, chez Gabelou, hautaine comme toujours, et elle le vit, lui, tassé dans son fauteuil, recouvert d'un plaid à carreaux. L'idée d'une parole gentille l'aurait-elle effleurée?

— Tiens, il est là, celui-là? C'est tout ce qu'elle avait trouvé à dire, en toisant le pauvre vieux du haut de son mépris, présentement juché sur les quelques centimètres du piédestal de ses hauts talons.

— Oui... avait répliqué Gabelou, je l'ai recueilli, que voulez-vous, on se laisse attendrir...

Irène avait pincé les lèvres dans une moue de dégoût, puis s'était assise face au commissaire. Machinalement, elle prit une locomotive sur la table qui supportait le fouillis rescapé de chez le Coupable. Elle la tint dans ses doigts fins, aux ongles ourlés d'un vernis pourpre, tout droit issu du coffret «Jouez à la femme fatale».

— Bien, dit Gabelou, je voudrais avoir votre sentiment. Votre mari était-il, selon vous, capable de tuer tous ces gens?

— Bien sûr, riposta-t-elle, c'était un vrai maniaque, sous ses dehors d'instituteur sage. D'ailleurs, il l'a prouvé en assassinant mon...

— Depuis combien de temps étiez-vous partie vivre avec lui? l'interrompit Gabelou.

— Eh bien, depuis le début du mois d'avril! Neuf mois.

Gabelou hocha la tête, tandis que Léon s'étirait sous sa couverture. Il se tourna contre le mur, certainement incommodé par le spectacle qu'offrait Irène.

— Vous l'avez revu, depuis?

— Non… je ne travaillais plus au collège. Mais d'ex-collègues m'ont dit qu'il semblait aller bien.

— Vous ne vous doutiez pas de ce qui se passait au… domicile conjugal?

— Absolument pas, il était toujours aussi tiré à quatre épingles, ses pantalons repassés, ses chemises immaculées. Il ne parlait que de ses trains, et du salon de Stuttgart, auquel il devait se rendre, à Pâques.

— Votre liaison avec l'Inspecteur, ça datait de combien de temps?

Irène rougit violemment, sous sa voilette. Le rose de ses joues ressortait agréablement, hachuré par le tulle. Du bout des doigts, elle porta un kleenex à ses narines frémissantes.

— Un an et demi…

— Et, hhmm, grommela Gabelou, les autres, le surveillant de la cantine, le… le monsieur de l'Inspection Académique, enfin, tout ce dont votre mari vous accuse, sur les bandes, c'était vrai?

— Non! s'écria-t-elle. Il se faisait des idées…

— Est-il exact que vous le poussiez à passer le concours d'Inspecteur?

— Mais non… c'est lui qui ne rêvait que de ça! Je l'aidais à réviser, mais il n'y arrivait pas!

— Moui… et il se doutait que vous le trompiez avec l'Inspecteur, justement.

— Oui, il nous a surpris. Il était très peiné…

Gabelou garda le silence. Il tapotait de l'index sur le plateau de son bureau. Alors Irène éclata en sanglots, tout à fait authentiques, cette fois.

— Mais qu'est-ce que vous me reprochez, à la fin?! hurla-t-elle. C'était un médiocre, un jaloux, un petit! Je n'allais pas gâcher ma vie à regarder ce minable roucouler devant son train électrique!

— Calmez-vous, Madame… dit Gabelou. Personne ne vous reproche rien. Pourquoi votre… amant est-il allé rendre visite à votre mari?

— C'est moi qui ai voulu. J'avais des affaires à récupérer. Et je n'osais y aller moi-même. Je lui ai demandé de faire un tour chez lui… Et voilà, il l'a tué, il l'a tué…

Elle s'était effondrée, le front appuyé contre le rebord du bureau, le corps secoué de spasmes.

A cet instant, Léon se leva et vint rôder autour d'Irène. Gabelou lui fit signe de se tenir tranquille.

— Et, Léon, vous n'en vouliez pas chez vous…? demanda-t-il doucement.

Irène se redressa, se tourna vers le vieux, qui l'épiait d'un œil mauvais.

— Non mais, vous l'avez vu? sanglota Irène. Ses trains lui suffisaient bien assez, sans qu'il ait besoin de s'amouracher de ça…

Vexé, Léon repartit se vautrer dans son fauteuil. Il reprit sa position initiale, dédaignant Gabelou et la poison, renfrogné, pelotonné dans son plaid.

— Bien, soupira Gabelou, revenons au point de départ. Vous le quittez, il devient à moitié fou, s'imagine vous avoir assassinée afin de se satisfaire d'une

149

explication moins humiliante pour lui que votre départ chez votre amant, et en bout de course, tue son rival dans un accès de désespoir. Jusque-là tout le monde est d'accord. Mais les autres? Il fabule ou il les a vraiment tués?

— Ça n'a aucune importance…

— Ça dépend pour qui. Ma question était : le croyez-vous capable d'avoir commis tous ces assassinats?

— Non parce que c'est un moins que rien, et oui parce que la haine l'a rendu fou.

— Eh bien, on est avancés. Vous êtes allée le voir, à l'hôpital?

— Non… murmura Irène. Je ne veux plus le rencontrer, mais j'espère qu'il va vivre! Pour payer! Oui, il les a tués, j'en suis persuadée, c'est un sadique, un malade!

Elle s'était brusquement emportée, rejetant la voilette de dessus son visage, et, blême comme la mort, pointait son index accusateur tour à tour vers Léon et Gabelou.

— Ça suffit! cria celui-ci… C'est fini. Vous pouvez partir.

La colère d'Irène tomba comme elle était venue. Elle tourna les talons et quitta le bureau d'un pas vif; ses chevilles tremblaient, mal assurées de leur équilibre sur la pointe fine des hauts talons.

Gabelou la vit disparaître au coin du couloir. Il referma la porte et vint donner une tape amicale sur le dos de Léon.

— Ben mon vieux, dit-il, je commence à saisir…

Léon, lui, venait tout juste d'y renoncer.

150

Gabelou pesta contre les embouteillages. Il était entré dans Paris par la porte de Bagnolet et la file de voitures roulait au pas, aux abords de la place Gambetta. Il était 8 h 15. La neige continuait de tomber, mais moins dense, presque déjà fondue en touchant le sol. La chaussée ruisselait d'une boue noire, qui giclait sur les passants marchant sur le trottoir quand les voitures accéléraient.

— Allez Léon, dit Gabelou, réveille-toi. On approche. Ton copain se sera sans doute réveillé. Cette nuit, il roupillait comme un bienheureux! Il sera content de te voir...

Il lui fallut encore une demi-heure pour gagner le centre de Paris, et dix minutes supplémentaires pour trouver une place où se garer. Il descendit enfin, Léon sur ses talons, qui s'ébrouait pour chasser sa torpeur et grognait contre la boue dans laquelle il pataugeait.

Gabelou s'arrêta devant la façade de l'Hôtel-Dieu. Il sermonna le vieillard.

— Motus et bouche cousue, hein, Léon? Tu fais pas de raffut, sinon je serai forcé de te faire attendre ici... T'as compris? Et si tu vois une infirmière, tu te planques.

Léon acquiesça d'un signe de tête. Gabelou emprunta le couloir menant à la salle Cusco. Quelques journalistes patientaient, espérant photographier au débotté les braqueurs de la BNP hospitalisés depuis la nuit précédente.

Les deux sentinelles armées de mitraillettes venaient

151

d'être relevées. Gabelou montra patte blanche et fit une dernière fois la leçon à Léon avant de pénétrer dans la salle.

Puis il rejoignit la partie cloisonnée de boxes où l'on avait mis le Coupable. Celui-ci dormait toujours, entouré d'une foule d'appareils qui enregistraient le moindre tressaillement de son corps épuisé. Les bonbonnes où aboutissaient les drains étaient posées par terre et n'attendaient que leur ration de pus. Une grosse machine mystérieuse, foisonnant de cadrans électroniques, émettait un bip-bip monotone, et deux aiguilles s'agitaient en cadence, scandant on ne sait quelle pulsation ténue. Une bande de papier remplie de courbes disgracieuses s'écoulait de la machine, en un long serpentin dont les tortillons se répandaient sur le carrelage.

Léon observait tout cela, stupéfait. Il n'avait d'yeux que pour le visage blafard, qui émergeait des draps verts, aux tempes masquées par du sparadrap maintenant les tuyaux dont l'extrémité s'enfonçait dans les narines.

Le Coupable respirait lentement, avec un bruit rauque. Léon se mit à gémir.

— Chut… ou je te fous dehors! chuchota Gabelou.

Mais Léon n'écoutait pas. Sa plainte était modulée, lancinante. Les protestations de Gabelou n'y firent rien. Il frotta sa joue contre la main droite du Coupable, allongée sur le drap, maigre, aux veines saillantes.

Un infirmier entendit Léon et s'approcha du box, surpris.

— Voyons, commissaire, c'est interdit! dit-il.

Gabelou haussa les épaules. Il marmonna que c'était sans importance. Puis la machine qui écoutait le rythme de la vie du Coupable s'emballa soudain. Les aiguilles s'affolèrent, s'agitant de façon désordonnée, sans respecter le tempo. L'appareil éructa en émettant un bourdonnement sourd, tandis que l'orifice latéral crachait sa bande de papier avec des hoquets de plus en plus rapprochés. Le dessin des courbes devenait fou, oscillant entre les montagnes russes et la plaine la plus plate. Léon gémissait de plus en plus fort.

Le bourdonnement attira quelques blouses blanches, qui arrivèrent en courant. On bouscula Gabelou, et Léon se fit presque piétiner. Les blouses blanches s'agitaient autour du lit. Le drap était à présent défait; la longue carcasse du Coupable semblait offerte en pâture à un essaim de frelons pâles.

L'agitation cessa d'un coup. On rabattit le drap sur le visage du Coupable. Un médecin se tourna vers Gabelou et écarta les bras avec fatalisme.

Alors Léon hurla à la mort. Assis sur son arrière-train, la gorge nouée par sa plainte aiguë, les yeux clos, il faisait résonner son sinistre cri jusque dans les couloirs. Gabelou tenta de le calmer, en vain. Les blouses blanches débranchaient la machine, arrachaient les perfusions, libéraient le nez des tubes qui s'y nichaient. Léon hurlait de plus en plus fort. Gabelou essayait de l'entraîner au-dehors, mais le vieillard parvenait toujours à se libérer et reprenait sa position, près du lit, fidèle, comme s'il avait voulu que le Coupable entende son chant de douleur, qui était son dernier cri d'amour.

Un aide-soignant arriva dans la salle, poussant devant lui un gros chariot qui ressemblait comme un frère aux landaus d'enfant. Une lourde capote noire se déployait au-dessus de la couche. Un infirmier aida à la manœuvre, et le corps du Coupable fut hissé dans le landau, flasque, les bras retombant, la tête pendant en arrière. La carriole disparut, Gabelou dut maintenir fermement Léon qui griffait le sol pour la suivre...

— Léon, mon vieux Léon, calme-toi, ça sert à rien de te mettre dans un état pareil... murmura Gabelou. Allez viens, on ne peut pas rester ici, c'est un hôpital, tu n'as pas le droit, viens, je te dis.

Il dut le porter jusqu'au-dehors. Léon s'abandonna dans les bras du commissaire, sans pour autant tarir son ululement. Tout le monde se retournait sur l'étrange couple. Au-dehors, la neige avait cessé, le ciel était gris sale. Gabelou déposa Léon sur le trottoir. Il se tut enfin.

— Ça y est? C'est fini? Tu sais, ça vaut mieux comme ça, sinon, on l'aurait collé en taule, et de toute façon, tu ne l'aurais jamais revu, hein?

Léon, mal assis sur son séant, regardait Gabelou en sanglotant. Un petit attroupement s'était formé autour d'eux. Léon affalé par terre, Gabelou accroupi face à lui...

— Ne restez pas là, dit Gabelou aux badauds, circulez, circulez, allez, ouste!

Mais les gens ne partaient pas. Léon les dévisageait, sans comprendre leur intérêt soudain pour lui, si incongru, si inattendu après une vie de coups de pied au cul.

Et brusquement il se redressa pour filer entre leurs jambes.

— Léon! fais pas le con! s'écria Gabelou, comme s'il avait déjà compris.

Léon galopait vers la chaussée, ventre à terre, exigeant un ultime effort de ses muscles exténués.

— Léon! cria de nouveau Gabelou. Viens ici!

Il ferma les yeux; jamais il n'aurait cru cela possible. Il ramassa le petit corps meurtri dans le caniveau. Le conducteur du camion ne s'était rendu compte de rien.

Léon respirait encore. Sa truffe était brûlante. Le portant dans ses bras, Gabelou s'éloigna du cercle de curieux qui déjà se dispersaient, déçus par ce non-événement...

La roue avait broyé la colonne vertébrale du vieillard dont l'arrière-train pendait lamentablement, formant un angle paradoxal avec le thorax.

Gabelou, désemparé, caressait le poil demi-ras, rongé par la pelade en de nombreux endroits. Sur le col, ses doigts rencontrèrent des tiques.

— Léon, murmura-t-il, pourquoi t'as fait ça? Je t'aurais emmené chez moi, dans le Ventoux, c'est plus beau qu'Altay, tu verras, on en boira, tous les deux, des coups de rouge...

Les yeux de Léon se plissèrent. Une larme perla à sa paupière, que Gabelou essuya de son gros doigt malhabile. Dans un spasme, les pattes s'agitèrent, une griffe accrocha une maille du pull de Gabelou, qui étreignit une dernière fois le col à la fourrure mitée par on ne sait trop quel parasite, secoua la petite tête, qui dodelinait, inerte dans sa main...

*

Ainsi se termine notre histoire.

*

Personne ne se maria, personne n'eut beaucoup d'enfants.

Le crapaud resta crapaud, aucune jeune fille ne s'étant proposée pour lui donner un baiser, en dépit des nombreuses annonces parues dans les revues spécialisées.

Le Petit Poucet, perdu dans la jungle des villes, devint contremaître chez Citroën.

Les sept nains terminèrent leur vie dans un centre de gériatrie.

Le petit canard ne devint jamais cygne : il retourna au pays avec le million pour les immigrés.

Le Chat Botté fut capturé par les rabatteurs d'un laboratoire pharmaceutique où l'on pratique la vivisection…

*

Tout fout le camp.

*

Mais, du fond de sa retraite, là-bas, au pied du Ventoux, Gabelou raconte une étrange histoire : alors qu'il remontait la rue, le cadavre de Léon dans les bras, dans les boutiques des animaliers qui se jouxtent l'une l'autre le long du Quai de la Mégisserie, voisin de celui des Orfèvres, mille chiens, derrière les barreaux de leur cage, face à des gamelles remplies d'une bouillie insipide, mille chiens hurlèrent à la mort, en hommage à Léon…

*

Bien évidemment, il radote.

DU MÊME AUTEUR

*Composition Infoprint
et impression S.E.P.C.
à Saint-Amand (Cher), le 28 février 1994.
Dépôt légal : février 1994.
Numéro d'imprimeur : 506.*
ISBN 2-07-038851-4./Imprimé en France.

66696